BASTINGAGE

DU MÊME AUTEUR :

Entre chien et loup, Le Cherche Midi, 2021.
Le premier maillon, Michel Lafon, 2010.

Anthony Delon

Bastingage

roman

Fayard

ISBN : 978-2-213-72632-8

Dépôt légal : mars 2024.
Couverture : Nuit de Chine
Photographie : Collection particulière Anthony Delon / © Stephanie Moore

– C'est Thibault je suis en bas dans le taxi, tu descends ?

J'avais à maintes reprises songé à annuler ce dîner, au cours duquel Thibault, le fidèle acolyte de mes nuits parisiennes, tenait à me présenter Luna, une amie espagnole qui, il en était persuadé était faite pour moi…

– C'est une battante comme toi ! Une fille bien, je suis sûr que vous allez vous entendre.

J'en doutais, convaincu que ces rendez-vous n'aboutissent que miraculeusement. Pour preuve, j'en étais au troisième coup d'épée dans l'eau ce mois-ci. Tous mes copains tenaient absolument à me recaser, moi le célibataire endurci, esseulé depuis ma séparation d'avec Justine, qui pour le coup s'était magnifiquement bien passée cinq ans auparavant.

Enfilant sur ma chemise blanche une veste bleu marine d'un tissu fluide et léger dont seuls les Italiens ont le secret de fabrication, je songeais à mon ex.

Je vivais ce flash-back avec une pointe de mélancolie, de regret presque, tant les mauvais souvenirs s'étaient évaporés et ne semblaient finalement être qu'un mirage. L'espace d'une seconde, j'en venais même à me demander pourquoi nous nous étions quittés, quelle mouche avait bien pu nous piquer.

Thibault qui fumait une cigarette en m'attendant, s'engouffra rapidement dans le taxi qui devait nous emmener au Doyen, fameux restaurant des Champs-Élysées qui, une fois l'an, ouvrait ses portes pour un dîner caritatif au profit d'une association qui installait des dispensaires médicaux en Afghanistan.

– Elle a quel âge déjà ?

– 38 ans.

J'en avais onze de plus...

– Fais-moi confiance, lança Thibault sûr de lui, ce coup-ci je le sens bien c'est la femme de ta vie !

Dans un éclair de lucidité, je revis ma vie de père défiler, celle des couches-culottes, des premières dents, des rentrées scolaires et des nuits blanches à se relayer pour une otite ou une gastro contractée au passage et qui venait pourrir ma fin de semaine.

Je songeais à mon fils Nicolas, 25 ans, avocat en herbe et à toute la persévérance et l'énergie qu'il avait fallu déployer pour emmener ce gamin « trop relax » jusqu'à sa licence de droit, puis jusqu'au barreau. Admiratif et envieux, je pensais aussi à ma fille Uma, tout juste 22 ans, en stage à Milan dans une boîte de pub et qui vivait une jeunesse heureuse et sans heurts. J'aurais moi aussi aimé être un étudiant modèle, voyageant à travers le monde afin d'apprendre un métier plein de perspectives et qui me passionnait…

À mon grand regret, l'année de ma rentrée au collège fut celle de la séparation d'avec mes parents. S'ensuivit un divorce en sourdine que je n'avais bien entendu pas vu se profiler. Mis à mal par une mère en déprime qui, malheureuse et perdue, jeta son dévolu sur les paradis artificiels et par un père aussi égocentrique que castrateur que je fréquentais deux week-ends par mois, je prenais d'entrée un mauvais départ à l'école des grands. L'année suivante, je fus expédié un peu prématurément en Angleterre, comme mes aïeuls, les autres mâles de la famille Wagner, afin d'y recevoir une éducation « business oriented », pour avoir un jour le devoir de reprendre les affaires familiales.

Une tradition depuis trois générations, depuis que mon arrière-grand-père avait créé cette usine qui fabriquait des serrures renforcées, quasi inviolables. Mon grand-père capitalisa sur une fortune déjà conséquente en fabriquant

quant à lui des extincteurs dont les licences s'étendaient de la Belgique aux Pays-Bas. Pour finir, mon père plancha sur une expansion de nos produits outre-Atlantique, ciblant particulièrement le Brésil et l'Argentine, triplant ainsi le patrimoine familial. À 50 ans, ne voulant plus entendre parler de serrures et d'extincteurs, il vendit la compagnie et partit s'installer en Suisse, sur les bords du lac Léman. Il créa ensuite une société aux multiples holdings, capable de financer des applications imaginées par des petits génies de l'informatique, d'investir dans les nouvelles technologies, ou même de faire « un grand écart » en habillant des avions de ligne pour des pays de l'ex-Union soviétique ou du Maghreb. Vingt ans plus tard, n'y tenant plus, pris d'un mal du pays tenace, il revint s'installer en France dans ce Vexin qu'il aimait tant, pour ne plus le quitter.

Au regard de ce chemin tout tracé, mon propre parcours fut un échec retentissant pour notre lignée de grands patrons. Je serais un électron libre, un artiste, les dieux avaient visiblement d'autres projets pour moi.

Cette destinée fut en revanche taillée sur mesure pour ma demi-sœur Mathilde, première fille de la lignée Wagner depuis quatre générations.

Mathilde était le fruit d'une relation tardive de Joseph avec une femme qu'il ne voulut jamais épouser, sans doute dû au fait qu'elle lui ressemblait trop par ses aspects les plus négatifs et qu'il avait compris qu'il ne sortirait pas indemne d'un divorce prévisible dès avant un éventuel mariage. Une sorte de miroir opaque et mortifère.

L'unique fille Wagner, n'eut quant à elle pas besoin de passer par la case anglaise, elle fut directement déposée au sommet de la pyramide alors qu'elle n'avait pas trente ans. Salaire de cadre en poche, assorti d'une voiture avec chauffeur et d'un appartement de fonction en Suisse où elle accepta sans sourciller de résider, en attendant patiemment le jour où elle pourrait envoyer sur les roses le ministère des Finances français, le majeur bien tendu en réponse à la non-imposition des droits de succession du père Wagner. Aux détracteurs qui l'accusent d'évasion fiscale, Mathilde assure sans sourciller, droit dans les yeux, qu'elle s'est installée en Suisse pour se rapprocher de son « papa » vieillissant.

Mathilde ne doit son pouvoir de décision et son autorité qu'à l'omniprésence de Joseph à tous les étages de la fusée, le mérite restant à ce jour pour elle une notion totalement étrangère et préconçue. La princesse dotée d'un « moi » plus qu'encombrant, s'est évertuée à s'ériger une identité sur mesure, naïvement persuadée d'être la digne héritière d'un empire où son unique contribution à ce jour n'a été que d'apposer sa signature au bas de contrats préétablis, ou presque...

Un petit soldat fragile, dont la sympathie n'a d'égale que sa duplicité, Mathilde ayant développé l'art perfide de montrer ou de ne dire aux gens que ce qu'ils désirent entendre ou voir. Une muse moins souriante qu'il n'y paraît, posée sur la première marche d'un podium par les projections d'un maître aveuglé par sa création.

Quant à moi, après quelques errances de jeunesse, j'exerçais finalement un métier que j'avais choisi et qui me permettait de vivre confortablement. Auteur pour le cinéma et le théâtre, pour le plaisir de raconter des histoires... Le virus m'ayant sans doute été transmis par ma mère, qui, monteuse pour le cinéma, m'autorisait le samedi ou certains soirs, lorsque mes devoirs étaient terminés, à venir la rejoindre à Anthégor dans l'espace noir et clos d'une salle de postproduction, afin de suivre son travail et de découvrir l'élaboration du premier bout-à-bout, puis l'incroyable processus qu'est la naissance d'un long métrage. À l'époque, le monteur coupait directement la pellicule sur sa table de montage pour l'assembler, ce qui ajoutait en plus de son travail artistique, une dimension artisanale qui m'impressionnait beaucoup. J'avais également réussi par miracle à bâtir avec Justine un foyer solide, offrant une jeunesse structurée à nos deux enfants qui par bonheur avait payé. Une chance, car il arrive parfois que l'on fasse tout pour le mieux et que telle une roulette russe, servi par l'ADN d'un ancêtre belliqueux, le rejeton se révèle contre toute attente être un étranger dans sa propre famille, engendrant un conflit sans fin chez des parents désemparés, qui finiront par se fracasser en rejetant inlassablement la faute sur la lignée de l'autre.

Une sueur froide me parcourut l'échine.

– Elle va vouloir un gosse c'est certain !

Ne désirant pas rentrer dans une discussion trop terre à terre à ce stade de la soirée, et ne voulant surtout pas prendre le moindre risque de gâcher ses chances de prendre du galon en devenant enfin, aux yeux de la bande mon cupidon, Thibault partit d'un rire saccadé.

– Je ne vois pas ce qu'il y a de drôle.

– Détends-toi mon ami… On arrive !

Âmes sœurs

Luna, une grande brune au visage émacié, cheveux courts à la Audrey Hepburn, était en pleine conversation avec Sacha, une belle blonde que je connaissais, puisque mon ami avait déjà tenté de me caser avec elle.

Peu maquillée, coiffée d'un chignon, Luna portait une robe noire au design retro, avec pour seul bijou une petite montre Cartier extra-plate. Sa simplicité retint mon attention.

Lorsque Thibault nous présenta, instinctivement je me baissai et l'embrassai, pour dans la seconde qui suivit, m'étonner de ma familiarité. J'ai toujours détesté embrasser les gens à la première rencontre, cela frôle chez moi la phobie.

Une place vide m'était destinée face à elle, c'est du moins comme cela que j'interprétai le plan de table en m'asseyant tout de go, avant de me servir un verre de vin rouge, pour me détendre. Je la dévisageai poliment, me disant qu'elle n'était pas mon style, que ses traits ne m'attiraient pas, trop osseuse, trop mince, trop « grecque » à mon goût, mais qu'en revanche elle avait des jambes magnifiques, galbées, légèrement hâlées, longues de sportives. Ses jambes étaient la première chose qu'en fin connaisseur j'avais remarquée, ce qui exerça sur moi un fort pouvoir d'attraction.

Ma reconnaissance faciale terminée, j'engageai une conversation à tâtons, sans grande inspiration, me disant qu'une fois de plus ce dîner serait interminable. Luna n'était pas dans la séduction, ne minaudait pas, elle était là, simplement présente avec moi dans l'échange, comme quelque chose d'évident. C'est alors qu'au bout de quelques minutes, lorsqu'elle se mit à rire, laissant apparaitre au coin de ses grands yeux noirs trois petites rides qui donnèrent soudain de la douceur à ce visage émacié, je sentis une appartenance immédiate et puissante, comme un « déjà-vu » qui m'emporta vers elle, m'enveloppant totalement.

Les yeux dans les yeux, nous étions maintenant seuls au monde, tels deux amants arrachés l'un à l'autre, qui, dévorés par le désir, venaient après une interminable attente de se retrouver. Inconscients de ce qui était à l'œuvre, nous nous laissions porter par une force qui nous dépassait, par nos âmes, qui depuis le premier regard se reconnurent spontanément dans une étreinte invisible à l'œil nu, faisant fi du temps, des siècles même qui les avaient séparées. L'espace d'une seconde, Luna venait miraculeusement d'illuminer mon existence, l'allégeant de tous les fardeaux que la vie avait déposés sur mes épaules.

Elle était, disait-elle, très portée sur le développement personnel. La lumière semblait l'avoir touchée de plein fouet lors d'un voyage récent en Inde, où elle s'était immédiatement identifiée au personnage de Julia Roberts dans le fameux *Mange, prie, aime* de Ryan Murphy.

Elle aurait pu à cet instant me vendre la lune, tant l'émerveillement devait se lire sur mon visage illuminé par une candeur non dissimulée.

Elle m'annonça avec un recul perceptible ne pas être actrice dans l'âme, un métier qu'elle avait commencé sur le tard et à l'égard duquel elle avait peu d'attentes, tant en raison de son âge que parce qu'elle avait d'autres pôles d'intérêt qui la nourrissaient en termes d'accomplissement professionnel.

J'accueillis cette nouvelle avec soulagement. J'avais jadis été marqué par mon aventure de jeunesse avec Isabelle Fain, actrice césarisée, qui m'avait d'ailleurs valu quelques parutions dans des tabloïds peu gratifiants. Je m'étais juré à notre rupture de ne plus jamais commettre le même impair. L'ego démesuré qu'Isabelle nourrissait, comme la plupart des acteurs, son besoin vital d'être désirée, s'étaient révélés pour moi trop difficiles à gérer.

Je subodorai, au fil de la conversation, que sa carrière d'actrice était en fait un objectif insidieusement « injecté » par son père.

Acteur inassouvi, il avait pris la main sur le destin de son aînée, afin d'accomplir à travers elle tous les rêves qu'il chérissait et n'avait su concrétiser. Depuis sa sortie de l'adolescence, il avait initié Luna aux films néo réalistes italiens dont il était un passionné et qui, selon lui, la rendraient intelligente.

La jeune fille s'était facilement laissée convaincre que son destin passerait par la lumière, ainsi qu'une forme de création qui lui permettrait d'expier ses souffrances, mais surtout lui apporterait la gloire qu'elle pensait tant mériter, obsédée depuis lors par le désir d'avoir une voix, telles ces femmes opprimées qui avaient souffert et s'étaient battues pour leur liberté. Luna m'assura pour conclure se lever tous les matins à 5 heures, afin d'explorer avec acharnement toutes les pistes d'un futur professionnel qui s'offraient à elle.

Je n'en attendais pas plus pour admirer béatement cette structure mentale, que je jugeai rassurante et digne de ceux qui ont la force de se battre pour un idéal.

En partant vers minuit, après avoir me dit-elle refusé une ligne de cocaïne proposée par

Sacha, Luna me serra chaleureusement dans ses bras, ce qui grâce à une perspicacité dont je pensais jouir, me donna l'assurance que le courant était bien passé entre nous.

Sciemment, je ne lui avais pas demandé son numéro de téléphone, m'attendant à recevoir tout naturellement le lendemain une invitation sur Instagram, dont elle faisait un usage intensif...

J'avais vu juste, le surlendemain elle m'invita au vernissage de Greg Gorman, un photographe de mode et de stars connu à Hollywood, dans une luxueuse galerie de l'avenue Matignon, réputée pour ses nombreuses « openings » parisiennes. Luna avait été l'une des modèles de Greg et trois de ses photos étaient exposées ce soir-là.

Après quelques coupes et de nombreux compliments, je lui proposai de l'inviter à dîner dans les jours qui suivirent chez Hanawa, un célèbre restaurant japonais du 8e arrondissement de Paris.

Toujours opérer en terrain connu.

Après notre premier dîner en tête-à-tête, lorsque j'ouvris la porte de son taxi, Luna prit l'initiative de m'embrasser.

Nous avions prévu de nous revoir le week-end suivant pour aller au cinéma et ce soir-là, Luna se sentit obligée pour ne pas la laisser seule, d'emmener Carmen, une amie venue spécialement la voir de Séville, une fille un peu spéciale…

Régulièrement en marchant, Carmen posait un genou à terre en faisant un signe de croix, tout en lâchant un petit son guttural, que je tentai bien de reproduire par la suite pour amuser Luna, mais sans succès. Elle était spirituellement végane et vivait avec cinq chats qu'elle nourrissait au pâté…

Après le film, à peine sommes-nous entrés dans le restaurant, qu'elle fléchit le genou droit posant une main sur sa poitrine en baissant la tête, mais sans grognement cette fois.

Qu'importe, j'étais prêt à tous les sacrifices et surmontant mon embarras, je donnai le meilleur pour faire la conversation à cette amie pour le moins encombrante. Malgré son anglais très approximatif et un français absent de son répertoire, j'essayai d'avoir l'air intéressé, m'assurant ainsi une alliée de poids, qui sur le chemin du retour me gratifierait de commentaires élogieux.

Au moment de nous quitter, lorsque je pris Luna dans mes bras, elle me glissa à l'oreille un peu désolée, « je t'appelle en arrivant ».

Ce soir-là nous nous sommes parlé jusqu'à l'aube. Heureux et sans sommeil, je me couchai, le cerveau débordant de rêves naïvement romantiques.

Après une courte nuit, encore ivre des émotions de la veille, il me vint soudain une angoisse qui me coupa en deux.

Tel un coup de poignard à l'estomac, je venais d'avoir l'horrible sentiment que je ne reverrais plus Luna, qu'elle allait disparaître à jamais de ma vie.

Une sensation de vide s'empara alors de moi, comme si sa disparition me ferait cesser de respirer, m'entraînant inéluctablement vers une vie d'errance, dévoré à petit feu par un chagrin qui finirait par avoir raison de moi. Il m'était arrivé par le passé, notamment avec Isabelle qui fut ma première passion, de ressentir des émotions similaires, mais jamais avec une telle intensité. Il y avait là quelque chose de dévorant, comme une peur de la mort. Anxieux, je bus mon café à la hâte et allumai une cigarette. Habituellement, je n'aurais jamais dévoilé cet état de faiblesse que je jugeais aliénant, pourtant, sans hésiter, j'appelai Luna.

Elle me répondit d'une voix fébrile.

– C'est toi ?

– Oui... Je te dérange ?

– Non j'allais t'appeler, tu as vu j'ai répondu tout de suite !

– Oui comment ça se fait, tu avais le téléphone en main ?

– Oui... dit-elle d'une voix un peu rauque.

Je lui racontai ce que je venais de vivre, agité, comme chez le psy lorsque l'on expulse une nuit de cauchemars avec la peur d'oublier le détail crucial qui pourrait changer le cours des choses. Contre toute attente, elle m'avoua avoir ressenti une émotion similaire, qu'elle se trouvait à l'instant dans le même état, qu'elle s'était réveillée en pleurant avec une peur panique de me perdre qui lui tordait les tripes depuis ce matin, qu'elle voulait m'appeler, mais qu'elle craignait que je la juge mal.

Il y avait là sans aucun doute une reconnaissance inconsciente de nos douleurs respectives, qui venait de se manifester conjointement du fait de notre puissante connexion.

Une reconnaissance de nous-mêmes également, qui en cas d'échec à réparer ce qu'il se doit, se prolongerait à nouveau dans une existence future.

Nous nous étions côtoyés par le passé, dans une autre vie et n'avions pas su régler nos différends.

Une nouvelle chance nous était à nouveau proposée ici et maintenant, dans ce corps physique qui nous était alloué.

C'est ce que l'on appelle une rencontre karmique avec une âme sœur, pour le meilleur ou pour le pire.

– Il faut qu'on se voie vite j'ai besoin de te sentir.

– Moi aussi…

Je raccrochai, soulagé mais perplexe, face à cette dépendance qui venait de se manifester violemment, faisant le lit d'une vulnérabilité qui tout à coup me préoccupait.

Comme un boomerang

Lorsque mon téléphone sonna, j'étais loin d'imaginer ce qui se profilait à l'horizon.

– Papa vient d'être transporté d'urgence à Cochin après une bagarre sur le périphérique, il a pris un coup de clef à molette sur la tête ! J'arrive, je suis sur la route là.

Mathilde ne prenait jamais le train, surtout le TGV qui lui donnait la « gerbe ».

Elle avait peur de conduire sur l'autoroute, « à cause des grands virages et des autres voitures et de la vitesse ». C'est donc avec son chauffeur, assise à l'arrière de sa grosse BMW noire qu'elle filait sur la capitale.

À 85 ans Joseph conduisait toujours une clef à molette de machino dans son coffre, au cas où, « on ne sait jamais des fois qu'un connard m'emmerde ! »

C'est justement ce qui s'était produit ce jour-là. Inanimé, il gisait au côté de sa Mercedes 500 coupé Gold, immatriculée dans le canton de

Genève, la clef à molette ensanglantée sur la chaussée.

Je me rendis à l'hôpital après avoir appelé ma mère qui, bien qu'elle fût divorcée depuis presque 40 ans, avait réussi par amour et au forceps à garder avec Joseph une belle et unilatérale relation. Oui, car mon père, grand patron du CAC 40 ne voyait la vie que par un œilleton, le sien.

Doté d'un ego stratosphérique, il ne se remettait jamais en question et avait toujours raison. Il était beau, riche et séduisant, malgré une calvitie qui l'avait frappé dès la quarantaine, mais qui du coup mettait en valeur son regard vert émeraude. Aucune compagne officielle ne partageait sa vie, mais plutôt de nombreuses officieuses. Joseph les aimait jeunes, moins de 30 ans si possible, « pour qu'il n'y ait aucune résistance ».

Il détestait rendre des comptes et le doute absent de son « disque dur », était un étranger dont il ne voulait voir la couleur.

« L'œdème cérébral qui s'est formé dans son cerveau suite au coup reçu peut lui être fatal », dit le médecin avec qui nous nous entretenions dans le couloir de l'hôpital Cochin.

Il fallait prendre une décision : soit l'opérer immédiatement avec une chance de réussite très mince, soit le laisser tel quel dans un état végétatif, avec une chance de réveil proche de zéro. L'opération s'imposa de fait.

Minuit dans le couloir de l'hôpital.

Ma mère, ma sœur Mathilde, son mari Alexandre et moi attendions à la sortie du bloc fébrilement l'arrivée du chirurgien.

– L'opération est un succès, vous pourrez l'embrasser dès demain matin en soins intensifs, où il restera dans un coma artificiel durant quelques jours, son pronostic vital restant encore engagé. Il y a néanmoins une mauvaise nouvelle… La découverte d'une tumeur cérébrale au cerveau, un glioblastome de type 4. Un cancer mortel dans 95 % des cas. À chaud j'ai décidé de la retirer, c'est pour ça que l'intervention a été si longue. Il n'en reste rien.

– C'est une bonne nouvelle alors ! Il est guéri si vous avez retiré la tumeur ! dit ma mère.

– Ce n'est qu'une rémission. Le problème c'est qu'à moins d'un miracle elle réapparaîtra. Là il faudra envisager un traitement par chimiothérapie, mais comme je vous l'ai dit c'est un cancer mortel à 95 %, même avec la chimio.

– À quoi ça sert alors ? dis-je.

– À retarder l'échéance.

Ma mère silencieuse m'observait, attendant une réaction qui ne vint pas.

J'étais muselé par cette nouvelle, qui soudain faisait rentrer mon père dans le monde du commun des mortels.

Avec un cri d'oiseau blessé, Mathilde fondit en larmes dans les bras d'Alexandre, le « chasseur de dots » comme le surnommait Joseph dans ses mauvais jours, dans les bons c'était plutôt le « chauffeur ». Mathilde releva la tête et demanda dans un râle « papa est au courant ? » Le médecin, stoïque, répondit qu'il ne s'était pas encore réveillé, donc non il n'était pas au courant. À ce moment précis, je croisai l'œil de ma mère qui, suite à la réflexion de Mathilde, était soudain devenu rieur.

Je me détournai immédiatement pour éviter un incident, me remémorant à cet instant l'enterrement de ma cousine Valérie, où avec une amie nous avions été pris d'un fou rire incontrôlable, simplement en voyant l'expression de circonstance que prenait Gilles, son mari, lorsque le corps fut déposé au fond du trou.

Nous étions en larmes, incapables de nous contrôler, obligés de mettre une dizaine de mètres entre nous afin de reprendre nos esprits, tout cela sous l'œil incrédule d'une foule endeuillée.

Ma mère assomma soudain le docteur de mille questions techniques.

J'étais ailleurs, l'idée de cette mort si concrète qui allait frapper mon roc de père me faisait prendre conscience de la fragilité de l'existence.

Certain qu'en ayant pris du recul sur l'emprise que Joseph exerçait sur moi, j'avais enfin réussi à couper le cordon émotionnel qui nous reliait. D'ailleurs pour preuve, je ne ressentais aucune tristesse...

J'ignorais que les liens du sang étaient tenaces, que même trempés dans l'acide ils pouvaient survivre. Empêtré dans mon ambivalence, perdu, je m'interrogeais. Allais-je souffrir ?

Porté par ma rencontre avec Luna et ce malgré le séisme qui venait de nous frapper, j'avais l'étrange sentiment de « voler au-dessus de la mêlée ».

Carmen la brindille venait de rentrer chez elle à Séville. Luna m'invita à dîner dans son petit appartement, elle tenait à cuisiner pour moi, à me préparer une soirée « cocooning ». Une soirée juste pour nous, avant de se rendre trois jours sur les bords du lac de Côme, pour le lancement du parfum de luxe d'une marque à laquelle elle était associée. Elle travaillait souvent en Italie, comme mannequin et participait à ce genre de soirée pour arrondir ses fins de mois. Tournant peu comme actrice, ces événements étaient devenus pour l'instant sa première source de revenus.

Dès qu'elle avait un moment de libre, Luna prenait plaisir à me raconter ce qui s'y passait et j'avais droit à la primeur de ses photos, avant qu'elle ne les poste sur Instagram, une obligation contractuelle. Le soir lorsqu'elle rentrait à l'hôtel, c'est jusqu'au bout de la nuit que nous restions au téléphone, conversant des heures, de tout comme de rien, riant tels des adolescents ou nous enflammant soudain sur un sujet essentiel, ferraillant tels deux avocats à la barre qui tenteraient de sauver la vie d'un prévenu.

Le plus étrange est que je me retrouvais souvent en Luna. Ce que je percevais en elle, me renvoyait à ma jeunesse, tel un double dans un autre espace-temps, une sensation difficile à expliquer.

Je me dis qu'il me faudrait le moment venu, comme par un effet miroir qu'elle me renvoyait, me pencher à nouveau sur l'origine de mes blessures, de mon vécu. Je le sentais, cette relation promettait de me faire évoluer, mais aussi de m'enchaîner... Lorsque l'on décèle chez l'autre des blessures qui nous renvoient à notre passé, on se convainc que l'on est en mesure de guider cette personne, en se plaçant naturellement dans la peau de celui qui prend en charge, le « soignant ».

Pour fêter son retour, j'invitai Luna dans un restaurant très chic de Saint-Germain-des-Prés. Je commandai à peine assis une bouteille de Haut-Médoc, un vin rouge que j'affectionne et qui me plonge systématiquement dans une voluptueuse ivresse.

Après le dîner, je lui proposai de faire une promenade dans ce quartier qu'elle connaissait peu et qui était le mien depuis toujours, profitant de la douceur de juillet pour lui faire partager des souvenirs qui surgissaient à chaque coin de rue, sous les halos lumineux de mes lampadaires si familiers.

Sortant un instant de mon romantisme, voulant à tout prix éviter ce qui à la longue pouvait être perçu comme de la mièvrerie, je fis part à Luna de l'invitation d'un ami à passer quelques jours de vacances à Saint-Tropez. Telle une furie, ses mots jaillirent dans un cri de colère et de désespoir. Elle martela en criant qu'elle haïssait ces endroits pleins de « putes en minijupes » et de « connards » et que, puisque j'irais me détendre sur la Riviera, elle partirait à Rouen, retrouver ce médecin avec qui elle avait eu un flirt et qu'elle avait cessé d'appeler le jour de notre rencontre.

Surpris par son agressivité soudaine, mais flatté par la démonstration de son attachement, je lui expliquai que ce n'était qu'une invitation et que je n'irais vraisemblablement pas.

Elle se calma immédiatement et, quelques minutes plus tard, se lovant dans mes bras sous un tout autre prétexte, s'excusa. Elle désirait maintenant rentrer chez elle, subitement « épuisée ».

La vie à l'hôpital et le roulement des visites s'organisaient.

Après une semaine critique, les médecins avaient finalement sorti Joseph de son coma pour le remettre progressivement en ordre de marche. Il allait devoir, dès qu'il serait en mesure de quitter l'hôpital, partir dans sa maison de campagne du Vexin, se reposer et lever le pied pour de bon. Les ordres des médecins étaient formels, repos.

Personne à ce jour n'avait encore eu le courage de lui annoncer la nouvelle, nous étions tous tombés d'accord pour attendre qu'il retrouve une forme d'équilibre physique et mental, avant de lui porter le coup de grâce. Inge, l'assistante personnelle de Joseph depuis des années, mais également sa régisseuse, secrétaire, infirmière, garde-chiens et même si besoin masseuse, lui amenait chaque jour des petits plats grecs dont il raffolait, soigneusement préparés par le Karavaki, un restaurant de quartier réputé pour sa cuisine traditionnelle, où il avait ses habitudes. Cela faisait maintenant une quinzaine d'années qu'elle travaillait à son service et accomplissait pour lui toutes sortes de tâches sans broncher. Elle était bien plus âgée que les femmes dont il avait l'habitude de s'entourer, mais son inébranlable dévotion germanique le rassurait.

Joseph savait égoïstement qu'elle serait toujours là pour meubler, au cas où une difficulté viendrait à surgir.

Ce « trou d'air » c'était maintenant.

Le plus important pour lui était la dévotion totale d'Inge pour les animaux qui habitaient la maison de campagne et qu'elle gardait lorsqu'il partait en voyage d'affaires, en jet privé, accompagné d'une miss Picardie ou d'Ille-et-Vilaine.

Ma mère, angoissée, passait chaque jour de longues heures à l'hôpital pour rester auprès de Joseph. Inquiet pour elle, je le lui fis remarquer.

– Je suis très anxieuse, papa semble soudain si vulnérable et sans défense !

Je profitai de ce moment de confidences pour lui annoncer ma nouvelle rencontre avec Luna, cette belle Espagnole au lever de coude un peu franc.

– Ah… J'espère que ce n'est pas prémonitoire. Prends ton temps cette fois.

– Pourquoi prémonitoire ?

– La lune…

Franchir le pas

Je revis Luna la veille de son départ pour Barcelone, où elle partait fêter ses 38 ans en famille. Ce soir-là, à l'hôtel Park Hyatt, nous avons croisé ma mère qui prenait l'apéritif en compagnie de Diane, une amie attendrissante qui m'avait vu grandir.

Luna, tel un rayon de soleil fit à son habitude l'unanimité.

Dotée d'un sourire « ultra bright » et d'une révérencieuse spontanéité, elle savait toucher les gens importants pour elle, récoltant toujours les bons points.

Ce soir-là, elle désirait montrer à la terre entière qu'elle était heureuse. À ma mère tout particulièrement. Après le dîner, alors que nous étions déjà passablement éméchés, je l'emmenai sur le toit de la Samaritaine, « roof top » réputé, pour un dernier verre romantique aux mille lumières. Luna prenait des dizaines de photos, certaines de nous qu'elle postait immédiatement en réel sur son Instagram, voulant absolument faire partager son bonheur et la beauté de cette ville que nous aimions tant. Cela m'indisposait, je n'avais pas l'habitude de m'exposer en couple de la sorte. Pour lui faire plaisir je jouai le jeu, postant moi aussi à sa demande une photo de nous dans ces moments intimes.

Grisée et heureuse, elle désirait absolument continuer la fête aux Deux Magots, lieu mythique de Saint-Germain-des-Prés qu'elle affectionnait tout particulièrement.

Dès la première coupe de champagne, son « œil reptilien », ce regard que j'avais déjà entrevu brièvement sans y prêter une réelle attention, se rappela à mon bon souvenir. La particularité de cet œil, d'où son surnom, c'est qu'il est totalement dénué d'émotion. Je me dis qu'elle avait l'alcool étrange, qu'il mettait crûment en évidence une dichotomie sur son visage, qui tranchait net avec son sourire radieux.

Un mystère dont j'ignorais tout, mais que je finirais par percer.

Luna m'avoua subitement n'avoir pas eu de rapports intimes depuis deux longues années, depuis qu'elle avait dû partir pour une cure forcée à l'étranger, pour un sevrage de tout ce qui calme et fait dormir. Elle avait certainement capté à ce moment précis mon regard qui la scrutait et ressenti le besoin de se confier, ou peut-être de détourner mon attention…

Elle le fit d'un bloc, me projetant son histoire au visage, telle la remontée acide d'un repas trop lourd.

Décontenancé je demandai : « Ah… et l'alcool ? » « Non pas l'alcool ! »

Je ne fis aucun commentaire, me contentant d'une moue circonspecte.

Luna a cette particularité, celle d'être souvent imprévisible dans ses propos qui peuvent surgir d'un coup d'un seul, faisant totalement fi des éventuelles réactions de son interlocuteur.

À la fermeture des Deux Magots, je la raccompagnai jusqu'au pont du Carrousel où elle prit une trottinette.

La regardant s'éloigner élégante sur son engin électrique, j'eus un pincement au cœur, elle allait me manquer.

J'appréciais que Luna choisisse de me tenir informé heure par heure du déroulement de ses journées. Des petits messages souvent accompagnés de photos qu'elle m'envoyait chaque matin en se réveillant et chaque soir au coucher, douces pensées ornées de cœurs et de mots d'amour.

– Branche-toi sur WhatsApp c'est gratuit !

– Pour quoi faire ? J'ai un abonnement européen.

– C'est mieux, le texto c'est un truc de vieux !

– Ah bon...

Luna semblait y tenir, je me branchai donc sur la messagerie instantanée.

Je découvris une proximité numérique qui « m'excitait ». Oui, il y avait des différences avec une messagerie de textos, il était possible de voir si l'autre se trouvait en ligne, ou à quelle heure il y était, créant ainsi une intimité supplémentaire, mais aussi une possibilité de contrôle.

Tout cela était nouveau, mes rapports avec Justine avaient été moins exigeants dans la nécessité de l'autre, moins passionnels, dépendants, plus adultes sans doute.

Cinq jours à peine et Luna décida d'écourter son voyage, je lui manquais trop.

Le temps des vacances approchait et elle avait prévu de partir trois semaines retrouver sa sœur qui vivait à New York, alors que je resterais moi à Paris, pour organiser l'installation de mon père à la campagne.

Heureux de ce retour anticipé, je décidai de marquer le coup et de lui faire découvrir un restaurant dont la spécialité était les soufflés, sucrés, salés. Cela tombait bien, elle n'avait jamais eu l'opportunité d'en goûter. Pour la première fois nous fîmes des plans, projetant de nous retrouver au mois d'août en Corse, chez mon ami d'enfance fraîchement divorcé et dont la femme s'était fait la belle avec son associé, un classique.

Ce soir-là, je crus bon d'insister pour ramener Luna chez moi, ma fille étant toujours en stage à Milan, je comptais bien en profiter.

Face à une légère résistance de sa part, j'arguai que nous pouvions aussi dormir l'un avec l'autre, en tout bien tout honneur.

Elle finit par accepter, non sans un large sourire.

L'étreinte fut douce et légèrement maladroite, mais qu'importe, la tendresse était au rendez-vous, je n'avais donc pas totalement menti...

Enivrés par cette intimité fraîchement acquise, nous avons décidé de ne plus nous quitter, du moins jusqu'à son départ, une façon de sceller notre union, terrorisés à l'idée d'être arrachés l'un à l'autre pour ces quelques semaines de vacances.

Nous irions récupérer ses nombreuses valises pour les déposer chez moi dès le lendemain, où je lui ferais de la place dans mes placards. Nous étions heureux, nous venions d'exorciser la peur que nous avions de nous perdre à tout jamais.

Luna eut beaucoup de mal à dormir ce soir-là et se leva une bonne dizaine de fois dans la nuit pour des besoins naturels, ce qu'elle appelait dans un français teinté d'espagnol « quelques gouttes nervosissimes ». Étrangement, moi qui dans le passé ne supportais pas que quiconque vînt perturber mon sommeil, l'acceptai sans problème. Je découvris à ma plus grande surprise que ses tribulations nocturnes m'attendrissaient.

J'aimais cela, je sentais comme un trop-plein de vie chez cette femme envahissante qui me rapprochait encore plus d'elle, me rassurait.

Famiglia

Le lendemain matin, je proposai à Luna de l'emmener avec moi rendre visite à mon père. J'avais envie que nous partagions cette intimité, qu'elle rentre dans la famille, spécialement dans ces circonstances dramatiques. Je pensais lui apporter ainsi une preuve irréfutable de la confiance que je lui accordais.

Elle m'avoua avoir une peur panique des hôpitaux, mais accepta malgré cela, sentant que c'était important pour moi.

Au fond du couloir, dans l'aile des soins intensifs, près de la petite salle d'attente réservée aux familles, Inge l'assistante de mon père était en grande conversation avec Alexandre, le mari de Mathilde.

Elle qui habituellement brillait par son flegme germanique, semblait pour une fois terriblement agitée.

Mathilde sortit de la chambre au même moment.

– Qu'est-ce qui se passe avec Inge ?

– Elle flippe, elle veut du pognon !

– Comment ça elle veut du pognon ?

– Elle dit que maintenant il va falloir s'occuper de Papa 24 heures sur 24, qu'elle ne pourra plus rien faire à côté, qu'elle ne sait pas combien de temps ça va durer et qu'elle a besoin d'être couverte.

– Couverte ? Mais elle est déjà payée pour ça !

– Oui ! Mais s'il lui arrive quelque chose, elle veut un parachute, elle veut qu'on en discute.

– Mais quand ? Elle veut une augmentation, tu veux dire !

– Non ! Elle veut une assurance, un parachute pour ses années de bons et loyaux services !

– Dis donc elle ne perd pas de temps la Teutonne, il est encore chaud Papa.

– Elle m'a demandé 200 euros ce matin pour faire des courses elle ne voulait pas mettre son argent, elle a dit que c'était normal.

– Elle est cinglée !

– Oui ! Il va falloir faire une réunion pour parler de tout ça, je n'ai pas aimé le ton sur lequel elle m'a parlé.

Dubitatif, je jetai un regard à cette grande blonde fadasse qui, je le pressentais soudain, allait nous donner du fil à retordre. Je ne lui avais jamais vraiment prêté attention, tant elle me semblait transparente. Se méfier de l'eau qui dort, disait toujours ma mère. Mathilde de son côté semblait soudain remontée, comme piquée au vif.

Lorsque Joseph aperçut Luna dans l'embrasure de la porte, son regard obliqua instantanément, s'allumant d'un coup. Moi je devins « flou », comme dans ce film de Woody Allen où le personnage joué par Robin Williams n'existe que dans cette dimension. C'est un peu le rapport à mon père, le flou…

Je n'ai jamais su ce que Joseph pensait de moi. Était-il fier ? Pourquoi le serait-il d'ailleurs, lui qui est si différent du commun des autres, si absorbé par sa propre personne. L'année précédente, j'étais passé à son bureau pour lui déposer in extremis un cadeau d'anniversaire, après que ma mère craignant un énième incident diplomatique m'eut envoyé un texto pour me rappeler mon devoir de fils.

Sans même me remercier, la première chose qu'il me dit, le menton légèrement incliné vers le haut.

– Je viens de faire des examens, j'ai la prostate d'un homme de 30 ans !

– Bonne nouvelle Papa !

– Comment va ta fiancée ! ?

– Laquelle ?

Cela le fit rigoler, puis il comprit à mon ton que ses sous-entendus passaient mal et décida de faire profil bas. Lorsqu'il découvrit le tire-bouchon électrique high-tech dans sa boîte, il écarquilla ses grands yeux.

– Un tire-bouchon ? Qu'est-ce que c'est que ce truc ?

– Oui, plus besoin de tirer !

Il regardait l'engin d'un air interrogateur. Je pris son silence comme une perche tendue.

– J'voudrais pas que tu te fasses un tour de reins, tu comprends !

– Très drôle !

Il y a 30 ans de cela, lors d'une soirée mondaine, mon père avait dragué celle qui devint mon premier amour, l'actrice Isabelle Fain. Lorsqu'à ma grande surprise, des années plus tard, au détour d'une conversation elle me l'apprit, je ne dis rien, feignant même une surprise modérée.

Le lendemain, à la première heure, j'appelai mon père et passai à son bureau, prétextant une envie subite de l'embrasser, mais avant tout, obsédé à l'idée de savoir si bien entendu ils avaient couché ensemble.

Je me souviens de son air énigmatique, puis de sa réponse qui l'était encore davantage.

M'enfonçant sa « dague » dans les côtes il me dit :

– Qu'est-ce que ça peut te faire, c'est le passé !

– J'aimerais savoir quand même.

– Ben tu ne sauras pas ! dit-il en riant, prétextant une devinette qui dure mais sans jamais en donner la réponse.

J'encaissai, feignant une distance que je n'avais pas su tenir.

Gonflé comme un paon, il me regardait, provocateur.

L'humiliation et la capacité à blesser l'autre, en particulier ses proches, sont une déviance qui fait partie intégrante de la personnalité de Joseph avec laquelle je dus composer tout au long de mon existence.

Je changeai de sujet après un misérable « pas grave… » Ce jour-là il gagnait une bataille.

Depuis le moment où je fus en âge de dire non, je ne cessai de me confronter à Joseph, pas seulement par esprit de contradiction, mais aussi parce que je n'arrivais pas à m'aligner sur ses idées trop tranchées et à lui obéir. Était-il fier que je sois un des seuls à ne jamais s'être plié face à ses exigences et ses coups de gueule ?

À sa place je le serais.

Les tuyaux et les machines qui faisaient un bruit de métronome, choquèrent presque instantanément Luna, qui demanda à sortir, comme prise de malaise.

Sous l'œil déçu de Joseph elle s'éclipsa en s'excusant, il allait devoir se contenter de moi.

Comme s'il avait reçu un coup sur la tête, sa paupière devint instantanément lourde, puis il me dit : « Je vais me reposer un peu Philippe, je suis fatigué. » N'ayant que trop l'habitude de ses aveux, je l'embrassai sur le front.

Je sortis retrouver Luna, qui, anxieuse, fumait une cigarette à l'extérieur.

Elle me confia que la mort lui faisait très peur, que ces machines l'avaient angoissée.

À sa demande je la ramenai à la maison, hors de portée du monde extérieur.

Luna partie, je pouvais me concentrer sur Joseph. Il allait falloir lui annoncer la mauvaise nouvelle. Je planchai sur la forme, ne sachant s'il fallait faire preuve de douceur ou de pragmatisme, avoir l'air concerné mais en retenue, lui montrer ma tristesse, ou ne rien montrer du tout…

J'en parlerais à ma mère.

Le jour de sa sortie de l'hôpital, c'est un véritable convoi qui s'engagea sur la route du Vexin.

Joseph bon pied bon œil s'assit à l'avant d'une voiture avec chauffeur, embarquant ma mère et

Mathilde avec lui. Je pris la Mercedes de Joseph avec Alexandre, tandis que Inge nous suivait avec sa petite voiture afin d'être libre de faire les courses au village quand bon lui semblerait.

Joseph voulait absolument sa voiture, sa « 500 » près de lui, même s'il n'était pas en mesure de conduire, ça le rassurait, telle une sortie de secours.

À peine arrivé, éreinté il monta dans sa chambre, suivi par Inge qui ne se sentait visiblement pas très à l'aise avec nous. Depuis l'accident, il est vrai que son comportement avait sensiblement changé et c'est autour d'une tasse de thé dans la cuisine que la famille commença à faire le point sur cette femme qui soudain, nous apparut masquée. Ma mère, vive d'esprit à son habitude, n'avait pas manqué de remarquer le comportement de la « saucisse de Strasbourg », le surnom qu'elle lui avait donné le jour de leur première rencontre. Sans transition, nous avons enchaîné sur le cas de Joseph.

– Qui va lui annoncer ? Toi ! Tu es l'aîné, dit soudain ma mère en me fixant.

– Attendons quelques jours, dit Mathilde trouillarde.

– Je veux bien, mais je pense qu'il vaudrait mieux que Mathilde soit avec moi. C'est sa fille chérie, c'est mieux qu'on le fasse ensemble.

Mathilde soudain valorisée, je le voyais dans son regard, était convaincue que j'avais raison, mais était à la fois terrifiée à l'idée de la réaction que pourrait avoir Joseph.

– Et s'il se met à pleurer ?

– Mais non ! Ton père ne fera jamais ça, il est trop fier et puis Papa est courageux tu n'as pas besoin d'avoir peur Mathilde, rétorqua ma mère.

– Je préfère le faire avant de partir en vacances, dis-je.

– Dis donc pour une fois tu peux mettre ton calendrier de côté ! Pourquoi avant de partir ? dit ma mère.

– Comme ça ce sera fait. On pourra décompresser.

– T'es sérieux ? dit Mathilde

– Mais oui, on va y penser tout le temps sinon !

– Les enfants, vous le direz quand votre père sera prêt, on en discutera tous ensemble. De toute façon je serai ici au moins trois jours par semaine, c'est moi qui prendrai la température.

Alexandre qui était resté debout pendant tout le débat, en profita pour acquiescer.

– Oui, je pense que tu as raison.

Ma mère le regarda d'un air absent.

Alexandre se servit une tasse de thé avant de s'asseoir en silence. Je me dis qu'il lui fallait tout de même beaucoup de temps pour prendre sa place au sein de la famille, cela en devenait presque suspect.

Inge qui rentra dans la cuisine, nous annonça vouloir faire des courses pour remplir le frigidaire. Elle prit les clefs de sa voiture et sortit d'un pas rapide.

– Tu crois qu'elle a entendu ce qu'on a dit sur elle tout à l'heure ? s'inquiéta Mathilde

Ma mère certifia que non. Un ange passa…

Corsica

Arrivé en Corse trois jours avant Luna, je sentis immédiatement une ambiance inadéquate à nos retrouvailles pour ces premières vacances en couple.

Mon ami Marc, propriétaire du domaine qui venait de fêter ses 60 ans, noyait son chagrin au bloody mary dès 11 heures du matin, accompagné de Henry, son éternel complice, un fils de bonne famille original qui n'avait jamais eu besoin de travailler, et qui confondait la réalité avec un terrain de jeu où tous les excès seraient permis.

Comme chaque fois qu'il traverse un passage à vide, Marc s'était donc empressé de l'inviter avec Sara, sa femme, un titre de façade, puisqu'elle avait un amant depuis des lustres et lui des maîtresses – si possible dans la « coiffure », un fantasme devenu réalité dont il ne se cachait guère. Venaient s'ajouter au tableau deux brokers New-Yorkais ainsi qu'un couple d'Italiens excentriques.

Luigi était le fils d'un richissime industriel de Turin, sa fiancée Marcia, quant à elle, mannequin, actrice, influenceuse, bref une pincée de tout et pas grand-chose à la fois. Ils ne dormaient en général qu'un jour sur deux. Épuisés par 48 heures de fête, ils s'écroulaient avant de se lever à la tombée du jour pour repartir dès qu'ils étaient en état de se mettre debout, à ce qu'ils appelaient le « magic bloody mary ». Deux insouciants fêtards transalpins.

J'appréhendais l'arrivée de Luna dans ce zoo.

Je prévins donc Marc et Henry d'éviter les blagues graveleuses et si possible, de rester courtois.

Le jour de l'arrivée de Luna, je décidai d'appeler un taxi, refusant une bonne dizaine de fois les propositions de mes deux compères de me servir de chauffeurs, dévorés qu'ils étaient par la curiosité de rencontrer celle qui avait fait chavirer le cœur de leur ami.

Depuis le matin, c'est dans le fracas du shaker à bloody mary que la partie se jouait, à savoir qui aurait la primeur d'apercevoir la « vraie fausse blonde ! », la « Madrilène au teint mat et aux gencives chocolatées ».

Les nerfs déjà à vif, après avoir proféré des menaces physiques envers mes deux énergumènes, je partis seul pour l'aéroport de Bastia.

J'avais connu Marc et Henry à l'âge de vingt ans lors d'une soirée à La Main jaune, fameuse discothèque de l'époque où l'on pouvait louer des patins à roulettes et qui s'était terminée un dimanche de juin dans l'herbe fraîche du bois de Boulogne.

J'aurais volontiers aimé rire de leurs conneries, mais pas concernant Luna – on peut rire de tout tant que l'on n'est pas concerné, c'est bien connu.

Le chauffeur de taxi, bavard, fait rare pour un Corse, m'indisposa dès que je fermai la porte. Ne voulant pas le froisser, j'engageai la conversation avec mon nouvel ami. Inévitablement, après un temps, nous en sommes venus à nos origines respectives et je lui avouai un peu fier avoir de la famille dans l'île.

Il me posa alors mille questions sur notre nom, nos descendances, cherchant des cousins qu'il aurait pu connaître, peut-être même un rattachement.

Un silence impromptu vint soudain rompre sa logorrhée, un silence qui se prolongea.

Il attendait que je lui retourne la question, mais la réponse me semblait tellement évidente que j'en oubliais même les règles de politesse.

– Moi je suis métis…

Je l'observai brièvement dans le rétroviseur, il était plus blanc que moi et ses traits n'indiquaient aucun métissage que je puisse deviner.

– Métis ?

– Oui, mon père est du Nord, ma mère est du Sud.

Je crus d'abord à une blague, mais son sérieux m'indiquait le contraire.

– Ah bon, on dit comme ça ici… ?

– Oui. Chez les Corses on dit comme ça quand les origines sont éloignées.

Je n'osais rire, connaissant la susceptibilité des gens de l'île je ne voulais pas finir le trajet à pied.

Le visage collé au grillage bordant la piste, j'essayai d'apercevoir Luna dès sa descente d'avion.

Elle m'apparut différente, mes souvenirs s'étant sans doute quelque peu distendus.

À ce stade d'une relation, chaque jour compte et la mémoire peut facilement nous jouer des tours.

Je la trouvais plus belle que lorsque je l'avais quittée, plus élancée aussi, cela m'impressionna.

Dans le taxi qui nous ramenait à la maison, elle parlait beaucoup de ses quinze jours à New York, sans doute pour pallier cette gêne que ressentent les jeunes amoureux lorsqu'ils se retrouvent et que la distance et le temps déstabilisent.

Je sentais un désir réciproque de se rassurer. Il fallait s'étreindre au plus vite pour que nos corps se retrouvent. Du bout des lèvres, je lui fis part de l'ambiance à la maison, mais ça ne sembla pas trop l'inquiéter. Je soufflai.

Les présentations faites, l'œil rivé tel un cobra sur mes deux amis, nous allâmes directement dans la guest house que nous avait attribuée Marc, « the love house » un peu à l'écart, au bord de l'eau.

Nous y restâmes enfermés jusqu'au dîner, repas que nous aurions allègrement sauté si le « protocole » ne nous obligeait à faire un minimum acte de présence.

Le dessert à peine avalé, nous sommes repartis dans nos appartements, impatients de nous retrouver un verre de rouge à la main sur la terrasse, à flirter avec les étoiles mises à nu par cette nuit sans lune.

Le lendemain matin, nous avons tous embarqué sur le bateau de Marc, pour un pique-nique sur une plage au sud de l'île, inaccessible par les terres.

Le rosé coulait à flots, Marc à son habitude avait vu les choses en grand, organisant même un feu d'artifice au coucher du soleil. Luna s'était parfaitement adaptée malgré les New-Yorkais bruyants et les Italiens ivres, qui finirent par s'assoupir sur leurs serviettes en bordure de pinède.

Elle observait tout ce petit monde avec détachement, démontrant une maturité rassurante. Seule ombre au tableau, elle passa une partie de la journée téléphone en main, à faire des stories et des photos pour son Instagram. Dans une saute d'humeur, je refusai sa demande de me plier au jeu et de poster moi aussi. Cela m'agaçait, c'étaient nos premières vacances et je n'avais pas envie de les partager avec des inconnus dont je me foutais royalement.

En fin de journée, après une demande langoureuse, j'acceptai de poster un selfie de nous face au coucher du soleil.

Elle posta exactement la même photo, puis vérifia mes hashtags, qui selon elle ne servaient à rien, ne me ramèneraient aucun follower. Elle prit mon téléphone avec autorité pour m'en inscrire une bonne dizaine. Je ne posai aucune question.

Nous reprîmes le bateau à la nuit tombée et comme nous étions tous éreintés par cette journée, Marc, en bon hôte, décréta que ce soir nous avions quartier libre.

C'est avec deux sandwichs au thon et une bonne bouteille récupérée à la cave que Luna et moi nous sommes retranchés sur notre terrasse.

Le lendemain matin, mes deux amis, bien reposés mais déjà éméchés, en étaient à leur deuxième bloody mary.

– Good Morning Guys ! dit Henry d'un anglais un peu snob affalé dans le canapé du salon.

– Morning ! répondit gentiment Luna.

– Vous avez bien dormi ? dis-je.

Marc qui se trouvait debout un verre à la main, s'approcha de nous d'une démarche lourde, l'œil fixe et malicieux.

– Bien dormi ? puis il dit à Luna, un poil provocant : Comment était le sexe hier soir ?

– Très bien merci ! répondit-elle d'un sourire bien élevé.

Henry ponctua la phrase par un grand éclat de rire.

– Le fanon flotte à la fenêtre ! hurla-t-il.

– C'est ça, il flotte ! dis-je.

Me prenant le bras gentiment, Luna m'entraîna vers la terrasse où le petit-déjeuner était dressé.

Au loin, on pouvait apercevoir les Américains jouer au badminton sur la plage.

Je savais que le meilleur restait à venir, j'en avais la certitude, il était temps de mettre les voiles. Demain, sans faire de vagues, je prétexterais une visite prévue de longue date à Porto-Vecchio chez mon ami Pierre.

Luna appréciait le voyage, découvrant une Corse qu'elle ne connaissait pas et qui lui apparaissait majestueuse. Elle parla beaucoup durant le trajet, me racontant sa vie passée de mannequin, où elle avait eu le privilège de voyager à travers le monde et de vivre des expériences enrichissantes, « dingues ! » L'Inde, l'Amérique centrale, l'Asie, des pays que je ne connaissais pas et qui m'avaient toujours attiré. Tout en conduisant, je savourais le carnet de route de cette aventurière pas tout à fait comme les autres.

J'avais cependant noté, au cours de ces deux premiers jours, une phobie des insectes et une manie du rangement qui ne collaient pas vraiment avec ses récits d'aventures. Au cours d'un voyage au Bhoutan, elle disait avoir durant une semaine vécu chez l'habitant, entassés à cinq dans un minuscule cabanon, alors que le premier soir chez Marc, à peine installée, un cafard refugié dans notre douche avait déclenché chez elle des hurlements à réveiller un mort. Quelque chose ne collait pas… L'œil moite, les bras levés, elle hurlait de la débarrasser de cet animal qui même mort lui ferait passer une nuit blanche. Autre fait un peu surprenant, avant de sortir de la chambre le matin, Luna avait eu besoin de tirer les draps de notre lit pour le rendre impeccable, mais surtout, de replacer les oreillers, les lissant sur le dessus avec application afin de faire disparaître tout pli qui pourrait témoigner de notre passage. Un toc incontrôlable puisqu'il était vital et non négociable. Je ne fis aucun commentaire sur cette maniaquerie que je détournai en prétextant une fatigue subite, afin de laisser une trace de ma présence sur le lit et de la regarder retendre le tout agacée en me jetant un regard aussi noir qu'amusé, à condition que la plaisanterie ne dure pas.

Nous sommes arrivés chez Pierre à la nuit tombée, enjoués devant la maison flambant neuve qu'il s'était fait construire, après en avoir dessiné lui-même les plans. Un rêve d'enfant, disait-il. La Santoline était située en haut d'une colline sur un terrain de trois hectares qui offrait une vue imprenable à 180 degrés sur la baie de Porto-Vecchio.

Il nous avait fait préparer un dîner typique de charcuteries et de fromages corses, le tout accompagné d'une salade de cœurs de sucrines aux échalotes et d'un bon vin rouge de pays que nous avons dégusté au bord de la piscine. Pierre, la soixantaine, venait de se faire opérer d'une hernie discale et marchait péniblement malgré ses béquilles. Michèle, sa femme, prévenante, avait tout préparé avant d'aller rendre visite à sa sœur qui venait de mettre au monde des jumelles.

Pierre possédait une brasserie à Porto-Vecchio, tandis que Michèle tenait une agence immobilière sur le port. C'était un couple sans fioritures, chaleureux, intelligent, carré. Tous les deux aimaient leur île et partageaient des valeurs qui résonnaient en moi.

Un couple solide qui me rappelait le mien, lorsque tout allait pour le mieux avec Justine.

Leurs deux fils avaient quitté le nid pour le continent, comme 80 % des Corses, ce qui, le choc passé, leur faisait dire qu'ils pouvaient enfin profiter de cette pré-retraite et se balader à poil dans la maison si bon leur semblait.

Le lendemain, Luna et moi sommes allés déjeuner sur la plage de Palombaggia et c'est au vin blanc cette fois, que nous avons décidé de célébrer notre nouveau départ estival.

Au déjeuner, comme imprégnée par l'harmonie familiale qui nous entourait depuis notre arrivée chez Pierre, Luna ressentit le besoin de parler de mariage… et d'enfant.

Je sentis immédiatement un poids terrible sur l'estomac, comme si je venais d'avaler une pierre et mon écoute devint subitement nettement moins précise.

– Tu m'écoutes ? Tu as l'air tout endormi.

– Ça doit être le vin blanc, je le supporte mal.

– Mais quand je le déciderai, c'est que ce sera le moment !

– Pardon ?

– Tu vois que tu ne m'écoutes pas ! Ben de tomber enceinte, c'est que je serai prête !

Estomaqué, je ne laissai rien paraître, elle était visiblement d'une humeur castratrice.

Le vin blanc serait désormais à bannir de notre table.

– Tu comprends, j'ai 38 ans et je sens que j'ai trouvé l'homme que j'attendais pour m'engager dans la vie.

– Quand tu le décideras tu veux dire…

– Oui bien sûr, c'est une décision qu'on prend à deux, mais quand je serai prête ce sera le moment.

Ce pléonasme me fit rigoler jaune.

Je dis alors ce qui me vint à l'esprit, c'est-à-dire n'importe quoi, mais en y introduisant un maximum de charme et de douceur.

– Santé mon amour, à la vie !

Elle avait parlé avec un tel aplomb, une telle arrogance même, que l'espace d'une seconde je me sentis réduit à l'état de mollusque.

Si mes tripes osaient parler…

Je me fis les dialogues.

« Tu te prends pour qui ? Ça ne va pas non ! On va s'arrêter là tout de suite. »

Je répétai la phrase deux fois dans ma tête, pour bien m'imprégner de cette résistance scénaristique qui soulagea mon ego.

Je n'avais pas envie de briser notre histoire, mais afin de conforter la position de mâle dominant dans laquelle je m'imaginais, je me dis qu'elle avait bien le droit de tirer des plans sur la comète et de faire les questions et les réponses.

À plus de 50 ans, si je devais refaire un enfant, ce serait dans des conditions optimales, ce n'était pas maintenant que j'allais recommencer à passer des nuits blanches et à préparer le biberon. Ce sera une nurse ou rien !

Je n'étais pas le genre à me laisser marcher sur la tête et savais que la décision se prendrait forcément d'un commun accord.

Malgré le décor de sable blanc et de mer turquoise, cette conversation avait jeté une ombre au tableau idyllique que je m'étais projeté et suscita chez moi de nombreuses questions existentielles, déclenchant une pesante lassitude.

Je m'endormis comme une masse sur mon transat, à l'ombre du parasol en paille.

C'est une « diarrhée verbale » qui me réveilla. Luna au téléphone parlait avec une amie dans un espagnol totalement incompréhensible, tant les mots me semblaient mâchés. Je m'étais endormi tordu, coinçant mon bras gauche sous ma poitrine, de sorte qu'en me réveillant, il se trouvait totalement ankylosé et mon épaule douloureuse.

Je fis une grimace en m'asseyant, craignant déjà une tendinite.

Je me frictionnai énergiquement sous l'œil absent de Luna, avant de partir en courant piquer une tête afin de reprendre mes esprits. Dans l'eau, je pensai contre toute attente à mon père, cela faisait bien trois jours qu'il avait quitté mon esprit pour revenir là avec une puissante résonance. Je réalisais avec étonnement que je ne semblais pas affecté plus que cela, ma passion pour Luna ayant relégué au second plan une réalité qui, en temps normal, aurait certainement vampirisé mon existence.

Cette femme avait réussi à me prendre dans ses bras tel un ange descendu du ciel, pour m'aider à traverser le fleuve du désarroi.

À cet instant précis je la désirai soudain éperdument.

Luna venait de cesser sa conversation, je lui fis des grands signes, j'avais besoin de la serrer contre moi et de sentir l'odeur de son parfum que, coquette, elle mettait même les jours de plage. Elle me rejoignit en courant, faisant un plongeon pour venir, féline, coller sa bouche charnue sur mon nombril.

De retour chez Pierre, c'est dans une étreinte brutale et passionnée que nous avons assouvi notre désir.

Cette conversation sur le bébé était désormais pour moi de l'histoire ancienne, comme si elle ne s'était jamais produite, reléguée dans les limbes de mon déni. C'est fascinant comme le cerveau lorsque ça lui sied, peut déprogrammer des événements encombrants pour sa tranquilité.

Nous avons décidé de prolonger notre séjour chez Pierre, je passai immédiatement un coup de fil à Marc afin qu'il se sente libre de céder ma chambre. Il me remercia froidement, ajoutant qu'Henry avait quitté la maison suite à une dispute avec les Italiens et qu'il sentait la déprime le gagner à nouveau. Je raccrochai dès que possible.

Le jour du départ, après un petit-déjeuner copieux sous la pergola, c'est en taxi que nous avons filé pour l'aéroport de Figari.

Luna avait un vol pour Nice afin de rejoindre Barcelone, quant à moi, j'embarquais pour Paris où ma mère m'attendait pour un déjeuner à la brasserie Balzar.

Luna ne voulut pas d'effusions, elle prétendait que ça l'angoissait, qu'elle craignait les séparations et cela depuis sa plus tendre enfance, lorsque son père représentant de commerce les quittait parfois des semaines durant pour prendre la route.

Luna en rajoutait toujours un peu partout, appuyant systématiquement ses propos pour donner de la véracité à ses histoires, être convaincante en somme, réinventant sans cesse la relativité. Lorsqu'elle souhaite souligner qu'elle est encore jeune, Luna a 35 ans, en revanche lorsqu'elle veut appuyer le fait qu'il est temps pour elle de devenir mère, elle en a 40.

Avec elle le temps devient élastique, l'âge n'étant pas la seule victime de cette laxité, c'est à la carte que tout se joue, en fonction de l'humeur et du contexte.

Ce flou quasi permanent avait l'art de me projeter dans le vide, rien n'était plus mesuré, tout devenait incertain face à une vérité relative qui avait le don de me plonger dans l'abysse infernal du doute. Pas d'étreinte prolongée donc, juste une petite accolade et un furtif baiser.

À peine étais-je assis dans la salle d'embarquement que je recevais un appel désespéré sur WhatsApp.

– Amour tu me manques déjà ! Je suis tellement triste de te laisser. L'idée de te retrouver dans une semaine m'aide à tenir... Et moi je te manque ?

– Oui tu me manques, dis-je platement.

J'avais besoin de la serrer dans mes bras, de ces baisers, ces regards complices avant de se séparer. J'étais dans ma frustration.

– Quelque chose ne va pas ? T'es pas très tendre, dis donc.

– Si ça va, j'ai failli rater l'avion ! J'embarque, on se rappelle plus tard.

– Bon, à plus tard.

C'était faux. Je n'avais juste pas envie de me justifier. Assis, les écouteurs dans les oreilles je décidai d'écouter Coldplay.

Les yeux dans les yeux

Paul, le directeur de salle, dans son costume noir de circonstance, m'ouvrit la porte avec un large sourire.

– Bonjour Monsieur Philippe, votre maman vous attend.

– Bonjour, il y a longtemps qu'elle est là ?

– Elle vient d'arriver, dit-il en m'indiquant du doigt la table où était assise ma mère.

Ma mère était une habituée du Balzar, elle y était connue comme le loup blanc.

Me voyant arriver elle se leva et, comme à son habitude, me lança un « ça va mon chéri ? » avant de m'embrasser fièrement.

Oui, lorsque ma mère est avec moi elle ressent une fierté non dissimulée. Son attitude corporelle, le torse légèrement bombé, son regard fier et droit, son sourire carnassier, toutes ces petites choses qui me rappellent son amour inconditionnel à mon égard.

Elle était habillée très sobrement, elle qui de coutume affectionne les couleurs avait marqué le coup, portant ce midi un complet gris clair sur une chemise blanche.

Je me dis que ce n'était pas de bon augure.

– Ton père a fait un petit malaise, on l'a transporté à l'Hôpital américain pour faire un contrôle, rien de grave je pense mais on a quand même appelé son chirurgien pour le prévenir. Il passera en fin de journée.

– C'est arrivé ce matin ?

– Hier soir.

– Pourquoi tu ne m'as pas appelé ?

– Il y avait rien de grave et puis on va y passer après déjeuner. Je pense qu'il est temps de lui parler, j'ai appelé ta sœur, coup de bol elle était à Paris, elle sera là aussi.

Je répondis par un hochement de tête silencieux avant de m'asseoir.

Nous étions tous les trois réunis autour du lit de Joseph, Inge étant sortie à notre demande. Fatigué et inquiet mon père tentait de faire bonne figure. Habituellement il avait toujours tendance à en rajouter, ce qui faisait dire à ma mère, dure comme un roc : « Ton père est comme sa mère, il adore faire du cinéma. » Ayant été témoin de ses « commedia dell'arte », je confirme qu'il était plutôt doué…

Assouplissant le ton de sa voix, il était capable de monter l'instrument d'un octet pour nous dire sans sourciller : « Je vais crever. »

Aujourd'hui rien de tout cela, c'était même inquiétant, il semblait enfermé dans son monde. Pris de vitesse par ce malaise, nous n'avions maintenant plus le choix, il fallait lui annoncer la mauvaise nouvelle. Peut-être sentait-il quelque chose, Joseph était un animal, il avait toujours eu de l'instinct.

Sur un regard insistant de ma mère, je pris la parole pour lui exposer son cas.

S'ensuivit un silence pesant.

D'une voix monocorde, il ordonna vouloir sortir au plus vite pour retrouver sa maison, puis sur le même ton, il me demanda de quitter la chambre.

Je jetai un œil à Mathilde qui m'emboîta le pas.

– Non pas toi ! dit mon père à Mathilde qui s'arrêta net.

– Pourquoi moi ?

– Parce que c'est comme ça, me dit-il.

Je pris la porte, mon amour-propre en berne.

Depuis la naissance de sa fille, Joseph n'avait d'yeux que pour elle, la gratifiant de toutes les qualités, parfois même imaginaires. Elle était selon lui la perfection absolue.

Assis dans le couloir sur un fauteuil confortable comme on n'en trouve qu'à l'Hôpital américain, j'attendais qu'on daigne me rappeler.

Ma mère sortit brusquement.

– Tu connais ton père…

Elle vint s'asseoir à côté de moi.

– Il ne le montrera jamais, mais je le connais il a la trouille.

Mathilde, les yeux rougis, sortit de la chambre. Je me levai pour lui laisser la place.

– Il veut que tu ailles l'embrasser.

Mon père assis sur son lit, droit comme la justice, m'ordonna de m'asseoir près de lui.

Il retira sa montre-bracelet, sa fameuse Audemars Piguet en acier, celle qu'il portait depuis toujours.

– C'est pour toi…

– T'es sûr ? dis-je sous le coup de l'émotion.

– Évidemment ! Mets-la… Bon, tu dois juste faire ajuster le bracelet, il est trop grand pour tes poignets de gonzesse.

C'était vrai, j'avais hérité des attaches de ma mère, mais aussi des mains de mon père, larges comme des battoirs. Je lâchai une larme, ne sachant que dire, submergé par l'émotion. Depuis ma plus tendre enfance, c'était la première fois qu'il me faisait un cadeau. Pour mes dix ans j'avais eu droit à un casque de moto, aux couleurs identiques aux siennes, gris et noir comme sa Honda, afin que nous soyons assortis lorsqu'il m'emmènerait en promenade. Cela se produisit à deux reprises, l'une pour aller à la campagne y déposer l'engin, l'autre pour aller acheter du pain au village. Pour Noël, lorsqu'il nous arrivait d'être ensemble, c'est toujours ma mère qui se chargeait des cadeaux, lui n'avait jamais la moindre idée de quoi acheter, ni l'envie de perdre du temps avec ces futilités. Ma mère en revanche adorait faire le plein. Généralement un gros paquet pour chacun, puis des gadgets amusants qui finiraient à la cave avec ceux de l'année précédente.

J'embrassai Joseph comme si c'était la dernière fois et sortis de la chambre.

Dès qu'elle m'aperçut, un large sourire illumina le visage de ma mère.

– Je le savais ! dit-elle avant d'éclater de rire, soulagée.

Ma mère souriait rarement, elle riait plutôt, emportée par ce trop-plein d'énergie qui l'animait dès qu'une émotion survenait.

Elle vivait dans la peur constante que mon père m'aime mal, c'était pour elle une douleur latente qui se réveillait dès qu'elle évoquait nos rapports.

S'installait alors dans sa voix une fébrilité inhabituelle qui contractait son visage et plissait ses yeux, comme s'ils subissaient soudain les morsures d'une brise hivernale.

Cette mésentente qui nous a toujours maintenus à distance était selon elle une malédiction qui aurait frappé notre famille. Elle accusait les hommes Wagner de cette « rigidité » qui nous dressait sans cesse les uns contre les autres, tels des coqs de combat.

Quand sa santé le lui permit, quelques jours plus tard, Joseph fut ramené chez lui à la campagne pour se préparer à un futur inéluctablement sombre. Son état d'esprit ne se transforma pas, il fait partie de ces gens qui préfèrent s'accrocher à la vision qu'ils ont d'eux-mêmes, plutôt que de profiter de moments désormais comptés pour se tourner vers les autres. Notre vie commença à s'organiser, un planning construit en fonction des jours où nous irions lui rendre visite, nous relayant pour qu'il ait un sentiment de changement, de fluidité.

Il se laissait faire sans résistance, mais sans entrain ni gratitude aucune.

Trop impatient de revoir Luna, je décidai de la rejoindre à Barcelone. L'occasion pour moi de découvrir une ville que je connaissais peu.

Lorsque je sonnai à sa porte, c'est avec un immense sourire qu'elle m'ouvrit et me prit dans ses bras, comme si nous ne nous étions vus depuis des mois.

Son appartement était impeccablement rangé, tout était placé au millimètre, comme ces bougies disposées aux quatre coins de la pièce qui donnaient un air féerique à nos retrouvailles. Elle m'avait cuisiné un dîner qui s'annonçait à la lueur des chandelles d'un romantisme fou, tracé à même le sol un chemin lumineux qui menait à sa terrasse qui dominait un square faiblement éclairé. Dehors, sur une table basse, entre deux fauteuils en osier, nous attendaient une bouteille de vin rouge chilien et des tapas. Son appartement se trouvait au dernier étage d'un petit immeuble situé au sommet d'une colline, avec une vue imprenable sur la ville.

La table dressée à l'extérieur, illuminée de bougies, une petite musique jazzy de fond, me donnaient l'impression d'être dans un de ces films américains au romantisme échevelé.

Quand vint le dessert, enjouée telle une adolescente, elle se leva et m'ordonna de fermer les yeux. Après quelques secondes, je la découvris devant moi tenant un petit gâteau orné de quatre bougies sur une feuille en pâte d'amande où était écrit en anglais :

« 4 months of love. » Nous étions le 20 septembre. Elle m'offrit une enveloppe contenant une carte d'anniversaire sur laquelle elle me déclarait son amour. Une larme coula sur sa joue.

J'avais pour ma part totalement oublié l'événement, sans doute trop préoccupé par la santé de Joseph. Je me sentais soudainement comme un imbécile, me confondant en excuses, l'embrassant mille fois, tant pour me faire pardonner que parce qu'elle m'apportait dans ces moments un bonheur véritable.

Ce soir-là nous nous sommes étreints avec force et passion, pris par un désir inextinguible.

Le lendemain, lorsque je me réveillai, Luna dormait encore, boules Quies et masque sur les yeux.

Je l'observai longuement, détaillant chaque millimètre de ce visage qui désormais, avait valeur pour moi de référent universel, tant chaque infime parcelle de ce corps m'avait envoûté. Elle était sereine dans son sommeil, l'aube éloignant les démons, c'est bien connu. Je me dis que si je le pouvais, je prendrais ses tourments en charge.

Luna avait une peur phobique de l'insomnie, chaque coucher obéissait à un rituel immuable au cours duquel elle avalait tout un tas de pilules à base de plantes et mélatonine, dans l'espoir de ne pas, suivant l'expression que j'employais pour la faire sourire, « faire le hibou ». Elle avait pour ce premier réveil disposé au coucher sans que je m'en aperçoive, la table du petit-déjeuner avec tout ce qui me ferait plaisir.

Le soleil brillait sur un ciel bleu azur et c'est à scooter que nous avons filé vers ma première visite. Luna adorait les jardins botaniques et voulait absolument me faire connaître celui de Barcelone. Nous sommes ensuite allés déjeuner dans un restaurant familial, une cuisine faite maison, accompagnée d'un vin au pichet, en fonction du menu, lui aussi unique et choisi chaque jour par la patronne, une veuve qui tenait le lieu d'une main de velours.

Après avoir flâné dans ce quartier populaire de Barcelone, Luna me fit rentrer dans une petite église pour un moment de recueillement. Là, avec une douleur contenue, nous avons parlé de nos ancêtres, de ces grands-parents qui nous ont marqués et que nous avons vus disparaître trop tôt. Nous nous sommes émus, laissant échapper des sanglots, secoués par des rires heureux comme deux adolescents complices. Étrangement, je ne ressentais aucune gêne, enveloppé par cette confiance absolue en l'autre, je m'abandonnai.

Ce fut une des plus belles journées de ma vie, le sentiment de bonheur avait atteint des sommets encore inconnus à mes sens. Ce fut souvent le cas avec Luna, qui m'habitua dès le début au meilleur d'elle-même. Durant ces trois jours, nous avons beaucoup mangé, bu, fait l'amour et ri de tout. Nous sommes allés voir des films dans des cinémas de quartier et arpenter les trottoirs de la ville.

C'est le jour du départ que je rencontrai enfin ses parents.

Son père vint se joindre à nous pour le café, puis sa mère suivit une demi-heure plus tard. Au premier abord il s'agissait de gens simples, plutôt sympathiques.

Le père était plus démonstratif que sa femme, un peu en retrait, plus en contrôle. Ce fut un moment courtois, mais sans plus. Les présentations étaient faites, c'était l'essentiel, nous pouvions rentrer à Paris le devoir accompli.

Dans le taxi qui nous ramenait à la maison, alors que nous nous tenions la main en silence, je détaillais le profil de Luna. Je pensais qu'il était facile de se laisser emporter par ses sentiments, dans une spirale à vous faire perdre la raison, tels les effets d'une drogue dure, produite à votre insu par un désir en quête d'absolu.

C'est à la fois beau et dangereux, la relativité n'existant plus, la passion pouvant faire le lit d'un emballement incontrôlable.

Noël et ses tourments

Dès sa première visite à la campagne, Luna fut immédiatement désignée par mon père comme sa future bru, un mot horrible et désuet mais qui dans sa bouche sonnait juste.

Luna depuis peu s'était mise à cuisiner, prétendant que par le passé elle ne prenait même pas la peine de faire cuire un œuf, mais qu'avec moi les choses étaient différentes, qu'elle voulait fonder une famille et se sentait désormais plus femme.

Elle s'essayait avec Joseph, lui préparant toutes sortes de spécialités catalanes. Il savait apprécier, ne se privant pas de descendre à la cave chercher un grand cru bien trop raffiné pour ce genre de mets, mais qui naturellement, se dégustait avec délectation. Qui n'aime pas un Cheval Blanc ou un Sassicaia vieux de quinze ans ?

Ce ballet maintenant bien huilé nous installa confortablement dans des repères familiaux qui faisaient du bien à tous. Ces moments de grâce furent brutalement interrompus par le retour sournois du Covid et du confinement. Mon père se retrouva isolé chez lui, dans un Vexin en état de siège, pour le plus grand plaisir d'Inge qui pouvait enfin l'avoir pour elle toute seule.

Beaucoup de gens sombrèrent dans la dépression pendant cette période, mais à la maison les choses se déroulaient plutôt bien. Ma fille cadette était rentrée de Milan et mon fils, qui avait son studio proche du mien, venaient régulièrement dormir avec nous pour mon plus grand bonheur. Seule Justine était à la peine, contrainte à un périmètre d'éloignement des plus stricts, imposé par Luna qui ne tolérait aucune incursion sur ce qui était désormais devenu son territoire.

Je laissai faire, évitant de la sorte un bras de fer interminable que je ne considérais pas vital à ce stade. Cela peut sembler un peu lâche, mais c'est défendable.

Noël approchait et ma mère réalisa un tour de force qui lui ressemblait, réunir malgré les restrictions toute la famille chez Joseph, afin d'y réveillonner.

« Ce sera peut-être son dernier, on s'en fout du confinement ! »

Nous n'avions pas le droit de sortir de notre périmètre si ce n'est pour faire les courses, mais qu'importe, c'est entassés dans une grosse voiture empruntée à un ami que ma mère, Luna, mes deux enfants, ma sœur et moi, avons bravé les interdictions pour nous rendre chez Joseph. Contraint de passer Noël avec ses parents, Alexandre le mari de Mathilde nous rejoindrait le lendemain.

J'avais réussi pour ma part à trouver un compromis avec une Justine admirable d'empathie, qui accepta de me laisser cette fois encore les enfants, pour Joseph. Dans un monde idéal peuplé de gens raisonnables, il est vrai qu'elle aurait eu sa place parmi nous...

Après avoir embarqué suffisamment de nourriture pour tenir un siège, nous avons pris la route, priant pour ne pas tomber sur un barrage policier.

Les préparatifs allaient bon train, les enfants, ma mère et Luna confectionnaient les petits fours tout en surveillant d'un œil expert le chapon durant sa cuisson. Une deuxième bouteille de champagne était déjà entamée et ma mère, qui ne pouvait vivre sans musique, avait emmené une petite enceinte qui diffusait Eric Clapton dans la cuisine. Joseph assis dans son fauteuil, près de la cheminée du salon, parlait avec Mathilde, tandis qu'Inge lui massait les pieds. Pour ma part, je m'étais installé confortablement dans le canapé au pied du grand sapin, entouré des cadeaux maintenant disposés, un verre de rouge à la main pour me détendre en lisant le dernier *Paris Match*. Quand l'heure du dîner sonna, nous nous sommes dirigés vers la salle à manger, lieu que personne n'utilisait, si ce n'est pour les grandes occasions. Les portes soigneusement fermées étaient gardées par Luna qui, surexcitée, avec son sens de la mise en scène habituel, nous regroupa avant d'ouvrir les portes battantes dans un « ta dam » de circonstance, découvrant une table nappée, garnie de fleurs, de branches de houx, de bougies et même de feuilles d'eucalyptus déposées délicatement pour donner un semblant de fraîcheur.

Joseph se fendit d'un « On se croirait au Four Seasons ! »

Ma mère et les enfants, qui avaient eux aussi participé à la préparation de la table, me regardaient du coin de l'œil, attendant ma réaction, soulignant d'un « ouah » la remarque de Joseph.

– Dis donc c'est magnifique cette table ! dis-je.

Luna se jeta dans mes bras me glissant à l'oreille :

– Je suis tellement heureuse de passer ce Noël en famille avec toi ma vie.

Ma mère prit Joseph par le bras et l'emmena s'asseoir en bout de table.

Luna ne put s'empêcher de me désigner ma place, à côté d'elle, avant de se placer près de Joseph face à Mathilde, les deux jeunes femmes entourant le patriarche pour son plus grand bonheur.

Ma mère s'assit près de Mathilde face à moi, Nicolas à sa droite et ma fille Uma à ma gauche. Inge, en retrait, devait se placer comme le désignait le petit carton à son nom à la droite de Nicolas.

C'est là que l'impensable se produisit. Prenant son assiette, Inge se leva et vint s'installer en bout de table, face à Joseph, présidant elle aussi le repas, telle la maîtresse de maison.

Poussant les décorations de côté, elle dit :

– Ce sera plus équilibré comme ça.

Un silence suivit, ma mère lui jeta un regard noir.

– Elle n'a pas tort, on était quatre d'un côté et trois de l'autre, non ? dit Joseph.

Inge jubilait.

– T'as bousillé toute la déco ça ne te dérange pas !? lança ma mère.

Inge ne répondit pas.

– Bon, c'est Noël, on va passer un bon moment, Philippe sers le champagne, tu veux ? dit Joseph à la volée.

Malgré la crispation d'ouverture, le dîner s'inscrivit immédiatement dans une atmosphère joyeuse, chacun gardant en tête pudiquement que ce serait certainement le dernier pour Joseph.

Lui aussi s'en doutait et pour une fois, y mettait du sien.

Au dessert, éméché, Joseph se mit même à raconter des blagues. Du coup, chacun y alla de sa petite histoire. Luna et Mathilde ne tenant plus en place se chargèrent de la musique et se mirent à danser, rejointes aussitôt par ma mère. Nicolas et Uma en profitèrent pour récupérer à la hâte leurs téléphones portables qui leur avaient été confisqués avant le dîner, quant à moi, je m'évertuais à avoir une conversation avec mon père.

Joseph a toujours eu du mal à parler avec ses enfants, ce n'est pas que ça le dérange, mais il ne sait simplement pas comment s'y prendre. Adolescent, je me disais que lorsque je serais adulte, ce serait plus fluide, plus construit, mettant ça sur le compte de ma jeunesse et du peu d'intérêt qu'il me portait, persuadé qu'un enfant n'a rien à dire.

Cela n'évolua guère, aujourd'hui à plus de 50 ans, les choses étaient restées en l'état. Il est le dernier d'une génération figée dans une posture à l'ancienne, presque méprisante. Nous, enfants de 68, avons amorcé le premier virage, libérant la parole et l'expression des sens. Ce soir je m'obstinai, tentant un baroud d'honneur pour ce dernier Noël…

« Quand on est mort tout s'arrête, c'est fini, après c'est le néant, il n'y a rien. Au moins quand on part on s'en fout, c'est juste dur pour ceux qui restent » me dit Joseph en désespoir de cause, agacé par mes tentatives de rapprochement.

Je me levai pour aller ouvrir une bouteille de vin, lui proposant un verre qu'il refusa.

J'avais besoin d'air. Dans la cuisine je m'allumai une cigarette, il me fallait une excuse pour interrompre cette conversation devenue trop pesante.

« Quel connard, il va me faire chier jusqu'au bout ! » Un excès de colère surgit de ce sentiment d'injustice qu'une fois de plus, j'avais du mal à accepter.

Luna qui m'avait suivi du regard déboula inquiète.

– Tu t'es disputé avec ton père ?

– Non pas du tout, juste la routine !

– Ça veut dire quoi la routine, c'est quoi ?

– Un truc que personne ne veut connaître.

Elle prit un instant de réflexion puis, ne voulant pas approfondir, elle me dit enjouée :

– Tu viens danser avec nous ?

– Je finis ma clope je vous rejoins.

– Non, je reste avec toi alors.

Elle m'enlaça et blottit son visage dans mon cou afin d'y poser ses lèvres. De mauvaise humeur, je décidai d'écraser ma cigarette pour aller danser.

Minuit avait sonné et nous étions assis dans le salon à ouvrir les cadeaux que ma mère nous tendait à la criée, tout au plaisir d'offrir et de voir la joie que cela provoquerait chez l'autre. Mon père, au centre, était le plus gâté, Mathilde à ses côtés délaissant ses paquets, l'aidait frénétiquement à ouvrir les siens.

Je la sentais en tension, prête à éclater en sanglots à la moindre parole, au moindre signal. Les enfants filmaient avec leurs téléphones portables, tout comme Inge qui avait déjà terminé son déballage.

Une dernière coupe de champagne en vitesse « pour se laver la bouche » et Joseph fatigué, décréta qu'il était temps pour lui d'aller dormir.

Inge, visiblement au bout du rouleau, en profita pour s'éclipser.

– J'ai un peu faim je vais reprendre de la bûche ! s'exclama Luna.

Mathilde lui emboîta le pas. Ma sœur aimait s'empiffrer, persuadée que d'être gourmande et de l'assumer la rendait sympathique aux yeux des autres.

Je baissai un peu la musique et me servis un verre de rouge, avant de venir m'asseoir sur le canapé, « forçant » l'espace entre Nicolas et Uma qui m'enlacèrent souriants. Je les embrassai fièrement, avec un sentiment du devoir accompli qui immédiatement me mit du baume au cœur, rassuré et heureux qu'ils soient à mes côtés ce soir de Noël.

– Vous avez appelé maman ?

– Oui oui !

La pendule de style amérindien offerte par ma mère indiquait trois heures du matin, la maison dans la pénombre était silencieuse depuis un bon moment.

J'écrasai ma cigarette et entrepris un tour à pas feutrés dans la maison, pour me rendre dans le bureau de mon père, comme lorsque j'étais enfant.

La porte était verrouillée et, comme à l'époque déjà, je récupérai la clef cachée derrière un des livres de la bibliothèque à côté de Kipling, que ce soir j'emmenai avec moi, pour m'installer confortablement dans le vieux fauteuil en cuir 19e de Joseph. Des dizaines d'objets jonchaient son bureau, comme s'il ne voulait rien jeter. Une vie à portée de main.

Une montre bon marché, un coupe-papier, deux stylos Montblanc, un encrier, un petit cheval en bronze, une bouteille de parfum, un foulard de soie blanche dans un rond de serviette en argent à ses initiales, des photos, un agenda, une paire de lunettes de vue dans leur étui, un laguiole posé à côté d'un bout d'écorce de pin et un vieux Blackberry obsolète. Posée sur le pied d'une grosse lampe, sous une paire de lunettes Persol, j'aperçus une page du *Figaro* que je dépliai et qui accordait un article à la société de Joseph le jour de son entrée en bourse. Une petite panthère en lapis-lazuli qui semblait protéger un portrait en noir et blanc de ma mère à 20 ans m'observait dans la pénombre. Je pris la photo, tentant de déchiffrer un message imaginaire et la reposai bien à sa place. Comme jadis, j'ouvris les tiroirs, fouinant, curieux de ce qui pouvait être caché là. Ce dont j'avais besoin ce soir c'était à nouveau de m'imprégner de son univers, sentir son odeur, sa présence, me rapprocher de lui. Je fermai les yeux et restai immobile un long moment.

Au mur, une photo encadrée de nous deux attira mon attention. Nous étions dans un champ, je devais avoir huit ans et lui tendais une fleur qu'il prenait avec délicatesse. Cet instant respirait l'amour et la douceur. « Tu dois prendre cette relation pour ce qu'elle est… » Ces mots résonnèrent soudainement dans ma tête. Ils sortaient tout droit d'une scène de film, où l'un des protagonistes tentait d'apaiser son jeune frère sur sa relation avec leur père justement. Pourquoi cette phrase venait-elle de surgir des profondeurs de mon subconscient ? Prendre notre relation pour ce qu'elle est… C'était ce que je n'avais jamais vraiment réussi à faire. Il subsistait une ambivalence dans nos rapports, je ne pouvais que le constater. Il m'arrivait de ressentir une colère effroyable à son égard, avec l'envie de lui réinjecter de force cette violence oppressante qu'il me faisait subir, lorsqu'il avait son droit de visite le week-end.

Puis, quand il était soudain aimant, ou en état de faiblesse, je lui pardonnais tout, l'enveloppant de mon amour comme un fils aimant, comme lorsqu'il avait eu cet accident de voiture dix ans auparavant, où il passa de longues semaines à l'hôpital dans la douleur. L'amour filial reprit là le dessus, sans mémoire aucune, sans rancune je l'enveloppais de toute mon affection, comme cette photo accrochée au mur.

Je lus le poème de Kipling, m'attardant sur le dernier paragraphe que je revisitai à plusieurs reprises, pour mieux m'en imprégner…

« Alors les Rois, les dieux, la chance et la victoire seront à tout jamais tes esclaves soumis.

Et ce qui vaut mieux que les Rois et la gloire, tu seras un homme mon fils. »

Des larmes se mirent à couler sur mon visage, j'étais touché par la profondeur de ces mots, comme la puissance de l'essentiel que je n'avais jamais reçu. Cette émotion accentua mon sentiment d'inaccompli, notre défaillance commune.

Mon cœur se serra.

Le sommeil ne vint pas facilement cette nuit-là.

C'est avec une légère gueule de bois que nous nous sommes réveillés le matin. Après un café et un toast au miel, nous avons décidé de remonter nous reposer, afin de laisser cette journée christique se dérouler paisiblement.

Allongés, Luna et moi refaisions le monde, prompts à parler de la vie en toute décontraction. Poussé par un léger sentiment de culpabilité sans doute, j'engageai la conversation sur Justine. J'annonçai, avec une bienveillance légèrement appuyée, donc un peu provocante, vouloir un jour lorsque mes finances me le permettraient, lui acheter un appartement.

Je justifiai mon intention par le fait qu'elle ne possédait rien et qu'il m'était impossible d'imaginer les enfants la voir un jour à la merci de la première bourrasque.

Plus que de la rage, c'est presque une forme de démence qui s'empara soudain de Luna. Tel un rideau de plomb qui serait tombé sur son lobe frontal, afin d'y couper toute connexion neuronale. Je n'avais plus la même personne en face de moi. On dit que certains traits de caractère se manifestent après six mois de relation, nous étions là dans les temps.

– Quoi ? Tu veux acheter un appartement à cette fille qui n'a rien foutu de sa vie et qui vit aux crochets des autres ? Cette looseuse ! Cette merde ! dit-elle, en hurlant presque.

– Comment tu peux parler comme ça, tu ne la connais même pas, qu'est-ce que tu racontes ? Elle a commencé à travailler dès l'âge de 18 ans !

– Ah oui, et qu'est-ce qu'elle a construit aujourd'hui, hein ?

– La question n'est pas là. Tu viens de dire qu'elle a vécu toute sa vie aux crochets des autres. Je te démontre juste le contraire.

– Alors t'as qu'à retourner avec elle si elle est si fantastique !!!

– On s'est séparés après 17 ans de vie commune et deux enfants, on a été au bout il me semble…

– (Hurlant) Je n'en ai rien à foutre, je ne veux même pas que tu me parles d'elle, je ne veux même pas entendre son prénom tu as compris !!

J'étais sous le choc, sa violence m'avait littéralement cueilli.

Je constatai une fracture profonde, mais le déséquilibre qu'engendrait sa douleur me touchait. Plutôt que d'accepter le combat, je tentai une approche en douceur. Je me lançai dans un exposé qui fut un fiasco magistral.

– Ce n'est pas pour Justine que je le fais…

– Je ne veux pas que tu prononces son nom tu as compris ?

– Ce n'est pas pour la mère des enfants que je le fais, c'est pour eux ! Je veux que leur mère soit en sécurité pour éviter qu'ils aient ce souci un jour et qu'ils aient à le faire eux.

– Fais-le pour mes parents alors ! Ils n'ont pas beaucoup d'argent, mon père est à la retraite et travaille comme il peut mais ça ne marche pas ! Ils louent leur appartement, achète-le !

Je ne m'attendais pas à une telle réplique, sa logique dépassait l'entendement. Je décidai de rester sur ma ligne.

– Tu parles de trucs qui n'ont rien à voir. Pourquoi ne pas acheter une maison à ta sœur pendant que tu y es ! Tu dois essayer de comprendre. Je sais que pour toi c'est peut-être un sentiment étranger, mais les enfants souffrent des difficultés que connaissent leurs parents.

– Je n'en ai rien à foutre !

Je restai à l'écoute, dans une posture compassionnelle et tentai par tous les moyens de calmer ses esprits. Je voulais éviter de me laisser emporter moi aussi par cette colère si familière, que j'avais réussi, au prix d'efforts constants à juguler, évacuant les flux acides et toxiques d'une violence verbale tout aussi destructrice que la violence physique.

J'évitai le conflit qui, de toute évidence aboutirait à un cul-de-sac. J'expliquai ma démarche, employant les mots les plus neutres et précis possibles. Généralement, lorsque des paroles vous blessent, il peut arriver d'avoir une pulsion violente qui voile tout raisonnement, mais cela ne dure qu'un temps. Seul l'orgueil peut repousser une trêve ou la fin de l'affrontement.

Là c'était différent, Luna n'imprimait pas, un peu comme si sur votre clavier d'ordinateur, vous laissiez le doigt appuyé en permanence sur la touche « effacer ».

Il n'y avait plus de fin, c'était la grande boucle.

– Tu ne peux pas acheter un appartement à cette femme, elle ne fait plus partie de ta famille !

– C'est la mère de mes enfants, elle fera toujours partie de la famille !

– Ta famille c'est moi maintenant et la vie qu'on construira !

– Oui, mais Uma et Nicolas sont mes enfants...

– Pas elle ! Tu comprends ça ? Ou alors tu retournes avec elle !

Il m'était de plus en plus difficile de contenir ses charges avec sérénité, mais je m'obstinais néanmoins, encore et encore à expliquer, me heurtant systématiquement à ce mur dont je ne voyais pas le sommet.

Je ne pouvais concevoir qu'elle reste hermétique à ce qui était une simple question d'humanité.

Elle tirait la corde de l'impuissance à ne pouvoir démontrer autrement que par une vérité absolue une réalité qui restait inatteignable face à son aveuglement. Ça me rendait fou.

Après deux heures d'acharnement, Luna commença à fatiguer et, en désespoir de cause, elle se fendit d'une confession échafaudée de toutes pièces et pour le moins surprenante.

– Je la déteste car elle a ce que je n'ai pas.

– Qu'est-ce qu'elle a ?

– Elle t'a fait deux enfants et moi pas. Je la déteste à cause de ça.

– Mais qu'est-ce que c'est que ces conneries !?

– C'est comme ça, dit-elle très calme comme écrasée sous le poids d'une fatalité.

Incrédule, je m'en contentai, à l'instar d'une nation trouvant une sortie de crise, évitant de justesse une guerre grâce à un consensus alambiqué et inapplicable, mais satisfaisant pour maintenir en vie ce qui peut le rester. Un rideau de fumée que j'absorbai d'un coup. Je réussis à me convaincre qu'il pouvait rester une lueur d'espoir, grâce à cette confidence que je créditai aveuglément de plausible.

J'étais reparti sur le sentier obscur du déni, mais avais réussi à ouvrir une brèche, pensais-je.

Ces moments clefs sont des sorties de secours qui nous invitent à prendre des distances, annonciateurs d'un futur encore plus douloureux.

Je choisis de commencer à souffrir ici, maintenant. Je dois me rendre à l'évidence de ce qui m'est montré dans sa simplicité la plus nue, sans filtre. Je ne veux pas voir, pas encore, j'ai besoin de temps, besoin de jouir encore de ce bonheur qui me fait si mal. Alors je me voile la face en attendant la prochaine embuscade, me sacrifie parce qu'au fond, je suis attaché à mes souffrances.

Toute la maison était maintenant réveillée. La tête en friche, je rejoignis les autres en bas, laissant Luna dans la chambre, ses boules Quies enfoncées rageusement dans les oreilles.

– Salut mon chéri, tu as l'air mal réveillé, tu veux un café ? dit ma mère.

– Oui, je veux bien.

Comme toute mère qui se respecte, l'air ennuyé elle me dit :

– Vous vous êtes engueulés ?
– Te raconterai, où est papa ?
– Dehors au soleil.

Le réchauffement climatique ne faisait pas dans la dentelle, ce 25 décembre il ne faisait pas moins de 14 degrés à l'ombre, une journée quasi printanière.

Mon père prenait son thé avec des tartines de confiture, face au soleil, tandis que Mathilde allongée dans une chaise longue tentait de prendre des couleurs, une grosse écharpe en cachemire vert pomme enroulée autour du cou.

J'embrassai mon père et m'assis près de lui.

– Ça va ce matin ?
– Comme tu vois…
– C'est toi qui beurres tes tartines ?
– Oui pourquoi ?
– Y en a trois tonnes, bonjour le cholestérol !
– Au point où j'en suis, je ne risque pas grand-chose je te signale.
– Tu as vu les enfants ?
– Ils sont venus m'embrasser, ils sont dans le salon vidéo. Et Luna ?
– Elle s'est recouchée.

Ma mère gentiment m'apporta mon café et s'assit près de nous au soleil.

Je prenais plaisir à les voir ensemble.

Un vrombissement de scooter nous signala l'arrivée d'Alexandre.

– Tiens, voilà le chauffeur de madame, dit Joseph avec humour.

Aucun de nous deux ne releva, quant à Mathilde elle ne broncha pas, sachant pertinemment ce que son père pensait d'Alexandre. Joseph, qui avait toujours vécu sans faire de concessions, voyait sa fille vivre dans un compromis bourgeois qui le décevait, mais qu'il se sentait obligé d'accepter par amour pour elle. Alors il restait courtois avec ce « branleur qui ne prend même pas la peine de se chercher un boulot ». Il n'avait pas saisi qu'elle ne se sentait pas à la hauteur et qu'elle avait fait ce choix pensant être pragmatique, calculant qu'à deux elle serait plus forte. Mathilde croyait avoir comme tout bon stratège la perspicacité de savoir s'entourer, seulement il lui manquait l'essentiel, l'intelligence émotionnelle.

Alexandre arriva à son habitude, avec ce sourire indéfinissable qui n'en est pas vraiment un, et lança à la volée : « Bonjour tout le monde, joyeux Noël ! »

Il nous salua et alla embrasser Mathilde qui s'était levée pour l'accueillir, puis ils se dirigèrent bras dessus bras dessous vers le scooter d'Alexandre.

Il avait dans le coffre arrière un cadeau pour Joseph, emballé dans un beau papier rouge.

– J'ai acheté un cadeau pour ton Papa.

– Qu'est-ce que c'est ?

– Un beau livre sur les armes de collection.

– Mais papa a toujours détesté les armes !

– Il n'a pas un fusil de chasse ?

– Je ne sais pas, peut-être, caché quelque part.

– Si ça ne l'intéresse pas il n'a qu'à le changer ! Je trouvais ça joli dans un salon ou près de la cheminée, répondit Alexandre vexé.

– Viens, on va le mettre sous le sapin discrètement.

– Tiens, mets-le toi, dit-il avec une soudaine autorité.

Mathilde s'exécuta sans broncher et partit vers la maison, tandis qu'il s'allumait une cigarette, l'air renfrogné.

C'est dans une douce quiétude que cette journée se poursuivit jusqu'au repas, vers seize heures. Lorsque je montai chercher Luna pour l'inviter à passer à table, je la trouvai allongée sur le lit, absorbée devant son écran d'ordinateur. Elle le referma aussitôt d'un geste sec, comme prise en faute, justifiant qu'elle ne voulait pas que je voie ce qu'elle regardait, qu'elle avait un peu honte…

Ma curiosité aiguisée, j'insistai pour en savoir plus.

Précisant que c'était pour se « relâcher », elle ouvrit l'ordinateur et le tourna vers moi, me présentant le visage d'une des sœurs Kardashian.

– Les Kardashian ?

– Ça me relâche je te dis !

C'est sûr qu'entre Pasolini et les frères Dardenne à qui elle vouait un véritable culte, le grand écart était flagrant.

L'intérêt qu'elle portait à cette famille Kardashian reflétait un pan de sa personnalité, qu'elle s'évertuait à maquiller derrière le relâchement d'un cerveau dont la nécessité serait à certains moments de tourner à vide.

Avant de pouvoir espérer vivre de son métier d'actrice, Luna avait été mannequin et avait évolué de longues années dans ce milieu où l'apparence physique et le snobisme faisaient foi. Elle ne se gênait pas pour mentionner cette différence entre nous dès que les circonstances s'y prêtaient : « De toute façon moi je viens du milieu de la mode et toi tu travailles dans le cinéma. »

Un milieu de la mode, où la plupart de ceux qui font et défont les tendances sont imbuvables de prétention. On critique régulièrement les gens de cinéma, mettant en avant l'ego des acteurs, des artistes et du métier en général, eh bien comparé au « fashion business », nous sommes des enfants de chœur.

Je me souviens de la soirée annuelle d'un magazine de mode ou j'avais accompagné Luna.

Lors du dîner, comme de coutume, l'hôte prit la parole sur scène, avec en arrière-plan un joli film en noir et blanc qui défilait, retraçant tout ce qui avait été fait dans un pays du tiers-monde au cours de l'année précédente. Les enfants étaient mis à l'honneur ce soir-là et l'engagement humanitaire était remarquable.

J'étais touché par le travail fourni, ému même, mais je me rendis vite compte que j'étais l'un des seuls. Ils avaient payé des fortunes pour être assis à des tables afin de s'afficher, boire, manger, se jauger et accessoirement autre chose, et n'en avaient que faire de ces enfants ou de ces vies sauvées.

À l'égard de l'hôte, c'était d'un cynisme outrageant.

Personne autour de nous ne manifestait d'intérêt pour ce qui se déroulait sur scène, comme s'ils redoutaient d'être pris pour des ringards empathiques par leur voisin de tablée.

Oui, les bons sentiments sont souvent qualifiés de débilitants de nos jours, où la gentillesse est pratiquement devenue un synonyme du mot connerie.

Je me souviens d'avoir été mal à l'aise et lorsque j'en fis part à Luna, elle me répondit laconiquement « C'est le monde du Fashion, c'est comme ça. »

Paradoxalement, beaucoup sont comparables à des moutons buvant les paroles d'un roi, j'entends par là d'un grand créateur. Si ce dernier décrète qu'une merde en barre est devenue de l'or pur, alors tout le monde se jettera dessus sans même se poser de questions. Un drôle de monde...

Le temps s'était légèrement rafraîchi et c'est dans la cuisine que nous nous sommes installés pour déjeuner, autour de la grande table campagnarde de bois épais.

– J'ai fait décanter un Cheval Blanc pour l'occasion, vous ferez une bonne sieste avec ça ! dit Joseph en nous servant.

Alors que tout le monde vaquait à ses occupations et que Luna était remontée dans notre chambre, ma mère vint aux nouvelles. Je lui fis un rapport incomplet, de peur qu'elle me conseille de prendre la fuite, mais en dressant tout de même un schéma général.

Elle m'écouta attentivement et c'est avec un certain pragmatisme qu'elle me conseilla, si je l'aimais, de lui faire une demande en mariage et de me fiancer.

Elle pensait que Luna manquait de confiance en elle et qu'elle avait surtout besoin d'être rassurée sur son avenir. Elle voyait une femme certes fragile, mais qui le serait sans doute moins lorsqu'elle aurait un enfant et qu'elle construirait sa propre famille. « Je l'aime bien moi cette fille ! », conclut-elle.

Je n'avais jamais ressenti l'envie de me marier. Justine comme moi étions enfants de divorcés et voyions cette union ecclésiastique comme une malédiction.

Mathilde qui passait deux cafés en main demanda candidement :

– De quoi vous parlez ?

– Du mariage de ton frère.

Je fis les gros yeux à ma mère. Trop tard, Mathilde soudain excitée approuva immédiatement une initiative encore dans l'œuf, avant de ramener à elle cette union sacrée et tout le bien qu'elle lui avait procuré dans son couple.

– Tu vas te mettre à genoux ?

– Ça ne va pas non !

– Quoi c'est super beau, super romantique. Alexandre lui s'est mis à genoux !

– Alexandre ce n'est pas moi ! Mais je trouverai bien un truc original, t'inquiète.

Elle allait surenchérir quand gentiment je lui rappelai que ses cafés allaient refroidir.

L'idée venait de faire son chemin à une vitesse grand V, et il ne m'en fallut pas plus pour ressentir une poussée amoureuse fulgurante, comme l'envie de monter immédiatement voir Luna pour lui annoncer la nouvelle.

Je désirais si fort que notre relation ne souffre plus de convulsions que j'étais prêt à tout.

Dans le dur

Bravant à nouveau les interdictions de déplacement, nous avons regagné Paris après une semaine d'un rapprochement familial bénéfique à tous.

Je décidai d'attendre la fin du confinement, ou du moins un assouplissement providentiel pour passer chez le bijoutier. Le voyage prénuptial étant lui aussi compromis par ce fichu virus. Malheureusement, la libération n'était pas pour bientôt, au contraire, le confinement se durcissait et les contrôles au même titre. Les périmètres de sortie étaient maintenant limités aux coins de rue et si nous ne respections pas les règles, nous écoperions même d'une contravention. Imperméable aux consignes, je trouvais tout de même le moyen de passer voir ma mère deux fois par semaine, afin qu'elle ne souffre pas de solitude.

Lorsqu'il m'arrivait d'emmener Luna avec moi sur la trottinette et que nous dînions tous les trois, c'est allègrement, avec le rire de ceux qui ont un peu trop bu, qu'au retour nous bravions le couvre-feu dans les rues de la capitale désertées par des Parisiens pour une fois étonnamment disciplinés.

Ce soir aux informations, ils annonçaient une amende record de 400 euros infligée par la Guardia civile espagnole. Je hélais Luna qui, par ces temps de crise, avait définitivement succombé aux Kardashian.

Je désirais lui raconter la nouvelle qui touchait son pays. Peine perdue, elle ne pouvait selon elle rester concentrée plus de 10 minutes devant une télévision, préférant s'informer sur Instagram ou sur son téléphone portable.

Il est vrai que depuis le jour où elle m'assura ne pas connaître Ronald Reagan, alors qu'elle avait vécu cinq ans aux États-Unis, je m'étais senti investi d'une mission culturelle de base pour combler ses lacunes.

Après avoir expliqué qui était cet homme, acteur de Western devenu président, en faisant par la même occasion un détour outre-Manche chez Sir Winston Churchill, qu'elle ne connaissait pas non plus, je m'entendis répondre : « Ce n'est pas essentiel, tout ça fait partie du passé, le passé n'existe plus ! »

À force de cultiver le vide, plus rien n'existera.

« Ce serait impensable en France !! » hurlai-je à qui voulait bien m'entendre.

La seule fois où je réussis à asseoir Luna devant la télé, c'est le jour du fameux discours en direct de l'Élysée, où le président s'exprima sur notre situation face à l'épidémie de Covid 19. J'insistai ce jour-là sur le fait que nous vivions un moment historique et que l'heure était grave. « Viens, tu ne peux pas manquer ça ! Tu n'as qu'à t'endormir si c'est trop long. »

Emmanuel Macron commença son discours par cette phrase lourde de sens qui amusa beaucoup Luna et qu'elle répéta quelques semaines durant, d'une voix grave : « Mes chers compatriotes, nous sommes en guerre. » C'est vrai que le ton était comique...

Personne à l'époque n'avait imaginé l'impact que ces mots auraient sur la population et notamment sur les jeunes, qui, déscolarisés, se retrouveraient à la maison vivant un véritable état de siège par un ennemi invisible.

Les jours se succédaient dans une monotonie apathique, qui commençait à devenir angoissante. Une routine faite de sorties au supermarché, chez Nicolas pour acheter du vin et de promenades pour le chien.

Le seul moment d'allégresse de la journée, avant l'extinction des feux naturellement, était celui du dîner que nous préparions suivant un véritable cérémonial. J'avais ressorti de ma cave trois livres de cuisine dite « facile » et chaque soir nous nous improvisions chefs en la demeure, cela nous occupait et aiguisait nos papilles.

Le pic de cette aventure gastronomique était le choix du vin rouge, chaque jour en fonction du menu. Au début, notre consommation restait modérée, délicate je dirais, mais rapidement, nous sommes passés à deux bouteilles, voire trois lorsque l'euphorie nous gagnait. Je n'ai jamais été un buveur régulier, contrairement à Luna, dont le passé montrait des signes de résurgence.

Elle commençait à se cacher pour boire, de manière ridicule et sans grande discrétion. Sans doute pour en minimiser l'impact, elle avalait son verre de vin d'un seul coup, telle une liqueur digestive.

Puis vinrent les pilules pour dormir, « en vente libre » naturellement, à consommer en respectant tout de même la notice, sept jours au maximum, mais qui mélangées à l'alcool produisaient un résultat chaotique.

Un après-midi, je pris Luna la main dans le sac.

– C'est la première fois que je prends l'Advil PM la journée ! Je me sens très nerveuse.

– Mais enfin ça ne va pas, il ne faut pas prendre ça la journée !

– Mais ce n'est rien, c'est sans ordonnance !

Je me saisis immédiatement de la notice.

– Ils disent une semaine ! En plus c'est un analgésique ! Ça fait combien de temps que tu prends ces médocs, trois mois ?

– Deux... Mais ça ne craint rien, dit-elle d'un ton assuré.

Nos disputes devenaient régulières, Luna était irascible, agressive et pire que tout, menteuse.

Il fallait que cela cesse, que je trouve une idée pour nous occuper et lui redonner en priorité un cap avant que les choses ne s'aggravent. Je décidai d'écrire un nouveau scénario, peu importe s'il se vendait ou pas, l'important étant d'être dans la création, d'éviter le vide.

Je proposai à Luna de l'associer au projet et, pour la motiver davantage, lui offris le rôle principal de mon histoire.

L'écriture avançait rapidement, Luna foisonnait d'idées et pour cause, nous avions décidé à sa demande de raconter un épisode de sa vie, celui retraçant son parcours d'addiction aux médicaments, qui l'avait conduite dans un centre de désintoxication.

Un moyen pour elle d'exorciser définitivement cette période de sa vie, tout en faisant son deuil. Une riche idée. Nous l'avons imaginée mère d'un enfant de cinq ans, orpheline de père, elle-même aux prises avec une mère abusive. Le sujet était d'actualité et passionnant car sociétal, dénonçant les rouages d'un système de santé laxiste, poussant à l'automédication d'une substance aussi addictive que l'héroïne, dont les populations ignoraient toute la dangerosité. Les benzodiazépines sont consommés par à peu près un tiers de la population européenne, et les Français, bien entendu, rois de l'angoisse, en étaient selon les rapports les deuxièmes plus gros consommateurs en Europe, juste derrière les Espagnols.

Je commençais à m'imprégner de l'histoire, intéressé à l'idée de dénoncer un scandale qui pouvait devenir l'égal de celui des opiacés aux États-Unis et à propos duquel une série avait déjà été produite, *Dopesick*. Les « benzos » étaient moins létaux, mais tout aussi dévastateurs sur le long terme. Un véritable problème de santé publique.

Lorsque j'écris, je m'immerge dans une bulle hermétique, une thérapie qui me rend imperméable à toute turbulence pouvant surgir du monde extérieur.

En revanche, Luna traversait toujours des hauts et des bas, l'écriture n'avait pas sur elle l'effet escompté. Se projeter dans le passé et revivre des événements douloureux n'était pas simple. Elle était sans cesse happée par l'angoisse et par des projections du lendemain, mises à mal par le confinement qu'elle n'arrivait pas à gérer. Je tentais de lui expliquer que nous étions tous concernés, qu'elle n'était pas comme elle le laissait entendre, marquée par la fatalité et une poisse qui lui collait à la peau depuis son enfance. Que, comparés à d'autres, nous étions privilégiés vu que nous ne dormions pas dans la rue.

Par habitude, je me compare à ceux qui sont dans le besoin, m'interdisant de la sorte toute lamentation superflue. A contrario, Luna se jaugeait en permanence à ceux qui possédaient tout.

Un très mauvais calcul.

Mes paroles étaient à ses oreilles vides de sens. Victime de ses angoisses, elle restait enfermée dans sa logique destructrice.

Au début de ma carrière d'auteur, je me souviens que mon père qui voyait d'un sale œil mon ambition, dit hargneux, me tenant fermement par le col de mon blouson.

– Regarde à 35 ans où tu en es et regarde ce que moi j'avais accompli à ton âge !

– C'est incomparable papa.

– La réussite c'est la réussite, quel qu'en soit le domaine !

– Ce n'est qu'à la fin de la partie que l'on compte les points. Rappelle-toi les Italiens en Coupe d'Europe !

– Eh ben ?

– Avant de crever je ferai le bilan. Tu seras plus là. Maintenant lâche-moi tu m'étrangles !

J'enserrai ses avants bras d'une poigne sèche, soudain pris d'une violence qui fit monter en moi l'envie de lui mettre un grand coup de tête. Il s'en aperçut car il desserra instinctivement son emprise, mais sans me lâcher du regard.

Nous n'avions jamais été aussi proches de nous battre, cela faisait bien longtemps qu'il ne s'était pas essayé à ce genre d'intimidation.

Comme jadis, lorsque j'étais adolescent et qu'il usait de cette brutalité pour « reprendre les choses en main ». Il oublia cette fois de calculer certains paramètres essentiels : j'étais moi aussi devenu père. À cet instant, je désirais en finir une fois pour toutes, solder les comptes, à bout d'une castration que depuis haut comme trois pommes je subissais. Assauts de Joseph spéculant sur un avenir où lui seul garderait le pouvoir, le verbe haut et tranchant, accompagné d'une main lourde qui me collait face contre terre. La violence physique n'ayant jamais eu l'impact escompté, il changea un beau jour de stratégie et ce sont les mots qui devinrent son arme, plus redoutable encore.

Durant les semaines qui suivirent, Luna se plaignait sans cesse, évoquant des interventions divines dirigées expressément contre elle, pour l'enfoncer dans sa misère humaine. Je continuais d'être par opposition une sorte de yin, feignant de ne pas voir mon seuil de tolérance se réduire progressivement.

Un matin qu'elle en remettait une couche, je fis une proposition dont j'espérais qu'elle la rassure.

– Si je vends ce scénario je te donnerai ma part ok ? Ça te payera ton loyer pour un an.

– C'est gentil, merci, mais ça ne va pas me le payer le mois prochain !

– On verra le mois prochain !

Le futur s'annonçait sombre, le cinéma entrait dans une crise profonde où les producteurs en difficulté se ralliaient pour former des groupes de production, alors que les distributeurs agonisants entassaient les films dans leurs « jardins ».

Les salles de cinéma étaient désertées depuis de longs mois par un public qui se reportait désormais vers les plateformes.

Un virage se négociait, et allait vraisemblablement mettre fin à l'âge d'or d'un cinéma que ma génération et la précédente avaient toujours connu.

Nous étions maintenant en mai et grâce à la vaccination qui se mettait en place, les frontières s'ouvraient à nouveau. C'est le moment que nous avons choisi pour nous échapper à Barcelone afin de poursuivre l'écriture de notre film.

Luna était désireuse de voir ses parents qui lui manquaient et de retrouver ainsi ses repères, sous des températures clémentes qui nous permettraient de prendre nos quartiers, sur la terrasse au soleil.

Luna, étrangement était peu entourée, cela se limitait à Giulia, une amie d'enfance avec qui elle avait grandi et Elena, qui n'était autre qu'une cousine germaine venue s'installer à Barcelone récemment.

Le temps de souffler, et Luna décida d'organiser un dîner pour inviter sa famille afin que nous fassions plus ample connaissance. Giulia que je connaissais déjà et appréciais, était venue déjeuner avec nous le lendemain de notre arrivée. C'était une fille sportive et chaleureuse, nous avons beaucoup parlé ce jour-là et son histoire familiale me toucha.

La famille de Luna était devenue la sienne, depuis la disparition de sa mère dans des conditions tragiques, elle vint seule. Elena, recasée depuis les fêtes de Noël, nous fit l'honneur d'être accompagnée par Pedro, sa nouvelle conquête dont elle semblait folle amoureuse.

Pedro, issu d'une famille plus qu'aisée, travaillait dans la société d'import-export maritime de son père.

Les parents de Luna le regardaient déjà comme le parti idéal, regrettant amèrement, je le sentais, que cette carte maîtresse ne soit pas tombée entre les mains de leur fille aînée.

Le père croyait un peu moins à la carrière d'actrice de Luna qui, approchant la quarantaine, commençait selon lui à « patiner ». Quant à la mère, insensible aux nécessités de la réalisation professionnelle, elle ne voyait l'aboutissement de la vie de sa fille qu'à travers un beau mariage et une maternité si possible rapide et multiple.

« Un millionnaire mettrait du beurre dans les épinards de tout le monde… »

Bien qu'ayant été élevé dans une famille d'autodidactes, devenus nouveaux riches comme on dit, l'argent n'a jamais été chez nous un curseur de valeurs, ou de rapprochement comme dans les familles bourgeoises.

Cultivant soigneusement ses origines, Joseph avait toujours su garder les pieds sur terre et restait attaché à ses repères prolétaires. Quant à moi, élevé de la sorte avec de surcroît une mère hippie, j'ai toujours accordé une importance plus que relative à l'épaisseur du portefeuille.

Pedro n'avait d'yeux que pour Elena et la regardait comme la huitième merveille du monde. Elle, rebelle, le faisait se sentir vivant et désireux, suscitant chez lui le frisson de l'aventure et du dépassement de soi. Ils avaient déjà passé un long week-end à Ibiza sur le yacht de la famille, un 35 mètres de construction hollandaise, avant de partir pour une mini-croisière autour des îles Baléares, entérinant ainsi leur histoire naissante.

Pedro avait offert un collier à Elena. Un gage de bonne foi, sésame qu'elle ne portait pas ce soir, ayant préféré le laisser dans un coffre fraîchement acheté pour l'occasion.

Le téléphone portable de la mère sonna, à l'autre bout du fil sa fille cadette, Melissa.

Après l'avoir mise naïvement sur haut-parleur pour en faire profiter l'assemblée, elle fit un descriptif complet du plan de table, précisant d'un ton un peu espiègle que sa sœur Luna était venue avec son nouveau fiancé français.

La réponse de Melissa fut cinglante : « Ne vous habituez pas trop à lui ! » Un silence, puis un malaise palpable s'ensuivirent.

La mère embraya un peu balbutiante, quant à Luna, ne sachant pas si j'avais compris, elle prit les devants, m'expliquant que sa sœur et elle entretenaient un rapport fusionnel et que le fait qu'elle ait rencontré un homme rendait Melissa jalouse, mais qu'à sa décharge, elle venait de se séparer, après cinq ans d'une relation extra-conjugale avec un homme de 40 ans son aîné.

Je répondis, diplomate, qu'on ne choisissait pas sa famille et imaginai en silence une longue liste de prétendants restés sur le carreau.

Tout le monde parti, Luna respirait enfin.

Ces réunions familiales lui occasionnaient systématiquement un malaise, comme une peur latente que cela tourne mal, que ses parents se disputent ou que son père, contrarié, quitte l'appartement violemment, laissant sa mère rentrer en taxi.

Elle ne croyait pas à l'amour subit d'Elena, me racontant la tromperie de son mari Georges et sans doute le désir d'Elena de le rendre jaloux, voire même de le récupérer.

– Je ne m'inquiète pas pour Carlo !

– Pedro.

Ce qui me contraria durant le dîner mais que je me gardai bien de soulever, c'est l'emprise qu'avait sa mère sur Luna. Ce soir elle ne but que de l'eau, craintive a l'idée de subir une remontrance. Lorsque je le lui fis remarquer, alors que nous étions dans la cuisine en aparté, elle me répondit qu'elle n'avait pas envie de boire ce soir.

Mais lorsque je lui dis avoir compris la remarque que sa mère avait faite à son père, qui venait de siffler à lui tout seul une bouteille de blanc, « tu bois trop tu devrais faire comme Luna qui ne boit plus ! », elle m'avoua qu'en effet sa mère la surveillait.

– À 38 ans ?

– Elle a beaucoup souffert, la pauvre !

– Souffert de quoi ?

– De ce qui m'est arrivé. C'est elle qui s'est occupée de moi toute seule, mon père lui ne voulait rien savoir, ne voulait pas qu'on prononce mon nom, il n'en a d'ailleurs jamais parlé, même avec nous.

Je comprenais mieux à cet instant pourquoi dans notre scénario Luna avait choisi que le père de notre héroïne soit décédé... Je saisis également ces coups de téléphone quotidiens, parfois deux, voire trois, que j'interprétais comme ceux d'une mère et d'une fille complices, mais qui dissimulaient en fait une tout autre relation.

Maman venait au rapport, inflexible, exigeante, étouffante, une mère dont le quotidien était désespérément vide de sens et auquel Luna donnait du relief en rendant des comptes, obéissant à ses conseils « avisés ».

Luna était rarement dans la vérité, telle une enfant qui se cacherait au lieu d'assumer ses choix et de se dégager de cette emprise abusive. La mère se mêlait de tout, y compris de ce qui se passait chez Luna en son absence. C'est elle qui gérait la femme de ménage, la logistique, le loyer, l'électricité, et qui naturellement gardait un double des clefs.

Il lui arrivait parfois même de changer la disposition du mobilier en son absence, parce qu'elle en avait envie, poussée par son inspiration du moment.

Ce matin fitting. Des robes de marques ont été déposées à Luna par sa styliste, afin de choisir et ajuster celle qu'elle portera dans deux jours à Londres, au cours d'une soirée rémunérée par une marque de champagne.

En bon public, je m'assis dans le canapé du salon pour regarder le défilé. Luna faisait preuve d'une grande aisance, sortant les chaussures des boîtes pour les enfiler, excitée telle une adolescente. Je trouvais délicat qu'elle me demande mon avis à chaque passage, m'intégrant ainsi à l'exercice et à cet événement auquel je ne participerai pas.

Je la trouvais glamour et son exaltation communicative.

C'est une robe Louis Vuitton qui fut élue.

Sans doute emportée par l'émotion et l'excitation de porter cette robe haute couture, découvrant une déchirure dans le tissu au niveau du haut du dos, Luna fondit soudain en larmes dans une sorte d'hystérie infantile.

Sa styliste qui la connaissait bien ne sembla pas surprise et fit comme si de rien n'était, venant immédiatement observer le trou pour voir comment elle pourrait y remédier.

Je ne fus pas choqué sur le coup, un peu comme si je ne me distanciais pas de ce qui était en train de se produire. Bien au contraire, je compatissais, la consolais presque, expliquant qu'il suffirait d'en choisir une autre, que ce n'était pas grave, que ces choses-là arrivaient. J'étais moi aussi devenu un personnage central de cette pièce burlesque.

Luna était inconsolable. Elle retira sa robe dans une sorte de convulsion, qui me laissa pantois quelques secondes, avant que les choses rentrent dans l'ordre sans que je me pose la moindre question. C'est un autre signal d'alarme qui était tiré en direct et que je choisissais d'ignorer.

Luna se saisit de son portable pour appeler immédiatement sa sœur et lui raconter la tragédie.

Tout en se lamentant en ligne, elle me jeta plusieurs regards qui m'intriguèrent, puis elle raccrocha.

– Pourquoi tu m'as regardé en disant « oui, oui » ?

– Ma sœur m'a demandé si j'avais pleuré devant toi.

– Et qu'est-ce que t'as dit ?

– J'ai dit oui !

– Qu'est-ce qu'elle a dit ?

– « Tu as fait ça devant lui ? Il va te prendre pour qui !? »

Mon cortex tournait à vide, incapable de faire face à ces nouvelles informations, étrangères à son programme usuel. Contraint d'occulter une réalité par un subconscient en pleine régression, je lâchai « elle n'est pas con ta sœur ! »

Je ne relevai pas la naïveté de Luna, me répétant les propos de sa sœur sans même réaliser qu'elle avait agi comme une personne déséquilibrée et qu'en me le répétant, elle renouvelait l'action une seconde fois sans même se remettre en question. Il est vrai qu'une stratégie d'endoctrinement ayant fait ses preuves consiste à faire accepter aux autres une situation inacceptable tout en leur faisant croire que c'est une normalité.

Je n'avais d'autre choix pour l'instant que d'y adhérer.

La robe fut recousue pour le soir même et tout rentra dans l'ordre.

Comme chaque matin, depuis notre arrivée, je descendais au bistrot du coin acheter des viennoiseries pour notre petit-déjeuner, une habitude qui me donnait le sentiment de m'installer doucement dans cette nouvelle vie de quartier.

Le soleil brillait ce matin et je décidai de m'installer sur un des gros fauteuils en osier de la terrasse, pour prendre quelques couleurs avant de rentrer à Paris. Les yeux clos, je repensais à la comédie de la veille, concluant, ce qui m'arrangeait, que le fait que Luna me répète instinctivement la remarque de sa sœur démontrait une transparence qui était tout à son honneur. J'avais oublié tout le reste, en quelques heures, l'incident s'était dilué dans les limbes de mon déni. Le danger menace toujours lorsque ce qui ne doit pas être considéré comme usuel le devient. Un processus qui insidieusement vous isole et vous fait perdre contact avec vos repères.

Luna déboula sur la terrasse téléphone en main.

– J'ai vu que tu as liké sur Insta l'actrice Maria Cruz !

– Qui ?... Oui, pourquoi tu la suis aussi ?

– Ça me dérange. C'est une salope. Tu aimes ses tatouages ?

– Comment ?

– Oui, pourquoi tu la likes ?

– Je l'ai rencontrée à Paris dans une soirée. Il se trouve qu'elle est amie avec mon avocat.

– Elle couche pour réussir ! J'ai vu qu'elle te likait aussi ! Tu as couché avec elle ?

– Ça ne va pas non !

– Je veux plus que tu la likes, ça me met mal à l'aise !

– Il n'y a pas de problème, je m'en fous de cette Cruz c'est juste comme ça, je la trouvais sympa, mais je vais même arrêter de la suivre si tu veux, ça te va ?

– Oui !

Puis elle repartit aussi sec.

La chaleur au soleil devenant intense, je ressentis le besoin de venir me rafraîchir quelques minutes dans l'air conditionné du salon. Luna, assise sur le canapé, le nez sur son téléphone avait le regard noir.

– Tu peux venir t'asseoir une minute ?

Je pris un verre d'eau et vins près d'elle. Se décalant légèrement pour mieux me mettre son écran sous le nez, puis faisant défiler des photos de femmes, elle me lança :

– Celle-là c'est qui ? Elle a 25 ans !

– La fille de mon ami David.

– Ça ne te dérange pas de suivre une fille de 25 ans ?

– Bah non, c'est la fille de mon pote !

– Pourquoi tu suis la fille de ton pote ? Et celle-là, c'est qui la petite brune là ?

– Maya la fille de mon pharmacien.

– Tu te fous de ma gueule ?

– Pas du tout je l'ai vue naître ! Je ne sais pas pourquoi tu es tombée sur elle, mais c'est la fille de mon pharmacien !

– Et celle-là ? hurla-t-elle me mettant un coup de poing sur l'épaule.

Soudain ce fut un déchaînement de violence. Hurlant que j'étais comme tous les hommes, un porc, un vicieux, une merde comme son père, elle fit défiler des photos et à chaque page me mettait un coup de poing sur l'épaule en répétant rageuse :

– Et celle-là !?

– Et celle-là !?

Je ne disais rien, passif je prenais des coups à répétition sur une épaule qui commençait à piquer. Après une dizaine d'impacts, lorsque cela devint trop douloureux, je lui agrippai le bras, la faisant basculer sur le canapé et la bloquant de mon autre main.

– Ça suffit ! T'es complètement dingue ou quoi ?

– Lâche-moi !

– Tu te calmes maintenant ! Et je te lâche…

Plus calme elle réitéra sa demande, je m'exécutai.

Elle se redressa devant moi, éclatant en sanglots, et alors que je la fixais incrédule, elle me balança une claque magistrale avant de partir s'enfermer dans sa chambre.

Mon cœur battait la chamade, je ne peux pas dire que j'étais choqué, mais plutôt blessé au plus profond de moi. Une immense tristesse m'envahit soudain, l'idée que notre pacte venait de voler en éclats me détruisait, comme si tous les espoirs que j'avais fondés sur nous s'étaient évanouis en l'espace d'une demi-seconde, notre amour fissuré, souillé par cette violence qui avait détruit l'engagement sacré de la parole donnée.

Je n'arrivais pas à accorder de la gravité à l'acte lui-même, j'entends par là les coups, car ils venaient d'une femme et cette violence ne menaçait pas ma virilité.

Elle ne réveillait pas non plus chez moi le désir de les rendre, comme cela aurait été le cas face à un homme. Je ne voyais pas là une tentative de soumission.

Je lui en voulais terriblement de m'avoir déçu, de m'avoir trahi.

Elle était pour moi jusqu'à maintenant audessus de tout, immaculée, une âme sœur qui avait toute ma confiance envers et contre tous. J'enfilai mon blouson, pris mon chargeur de téléphone qui se trouvait derrière le canapé et sortis.

Je décidai de rentrer à Paris sur-le-champ. Marchant d'un pas décidé et fébrile à la fois, j'appelai mon agent de voyages pour qu'elle me réserve le premier vol. Dans le taxi qui m'emmenait à l'aéroport, ma tête tournait à cent à l'heure et mon cœur frappait si fort dans mes tempes que des gouttes de sueur perlaient sur mon front. L'angoisse de cette séparation subite, le vide provoqué à cet instant étaient plus forts que la vie elle-même. Je repensais à ce fameux matin après notre rencontre où en me réveillant, j'avais ressenti cette angoisse de ne jamais revoir Luna et à la douleur que cette pensée avait provoquée.

Aujourd'hui mon cerveau m'envoyait le même signal, celui d'une séparation définitive.

À la porte d'embarquement, j'étais bombardé de textos :

« Où es-tu ? Je suis inquiète, je t'ai appelé, tu ne réponds pas… »

L'appel des sens était si fort dans ma chair que je lui pardonnerais, je le sentais déjà.

Un message vocal WhatsApp vint ponctuer la salve :

« Ne me laisse pas sans nouvelles, je ne t'aurais jamais fait ça, tu me détruis, ce n'est pas juste. »

Juste ? Ma raison reprenait le dessus.

Pas un seul « Je suis désolée, je ne sais pas ce qui m'a pris. »

Comme s'il ne s'était rien passé, comme si tout cela n'existait pas.

Contrairement à sa violence qui n'avait déclenché en moi qu'une profonde tristesse, la corde de l'injustice venait d'être tirée et faisait jaillir en moi la sève de la colère. Je décidai de ne pas répondre, d'enfoncer le clou sur un point névralgique qui lui ferait mal, l'abandon. Le téléphone sonna à nouveau, je coupai mon portable.

Je l'appellerais quand elle sera à bout, je voulais la meurtrir à mon tour.

En atterrissant à Paris, j'avais 15 messages désespérés, m'accusant notamment de vouloir la faire souffrir de par ma disparition, d'être injuste.

Ce n'était pas faux, seulement le débat était faussé, la cause initiale étant toujours occultée. Pas d'excuses ! J'en avais besoin, j'attendrais.

Minuit, les messages se succédaient avec de nouvelles variantes de colère, de reproches, m'accusant même de l'empêcher de dormir, de lui gâcher la soirée du lendemain où elle serait épuisée et à bout de nerfs, imprésentable « à cause de toi ! »

C'était du travail, elle se devait d'être professionnelle et par ma faute tout serait gâché.

Elle jouait maintenant de reproches et tentait de me culpabiliser.

Je repensai à Cendrillon et à sa robe Louis Vuitton… Mais toujours pas d'excuses.

Je restai silencieux, arc-bouté sur ma défense.

Minuit trente, un message vocal :

– Puisque tu veux la séparation je vais te couper partout ! Sur email, Instagram, en texto, partout si c'est cela que tu veux, tu as gagné. Adieu !

Elle me quittait ! ? Une douleur aiguë me saisit aux tripes, puis l'instinct de survie reprit le dessus, j'enregistrai à mon tour un message WhatsApp :

– Tu m'as frappé, insulté, traîné dans la boue et tu n'es pas capable de t'excuser ? Tu veux tout couper ? Eh bien coupe. Va crever !

Allongé dans l'obscurité, amorçant une nuit sans fin, je sentis que quelque chose en moi avait basculé. On ne peut déclencher une guerre comme elle venait de le faire sans envisager de riposte, de dégâts collatéraux. J'étais en train de repasser du côté obscur.

Je ne fermai pas l'œil, défilant en boucle le film de la matinée.

Je me levai d'un bond pour me saisir de mon téléphone et me rendre sur son Instagram, où elle ne m'avait pas encore bloqué.

J'inspectai tous ses abonnements, relevant les likes, les commentaires, faisant moi aussi une liste et des captures d'écran des mannequins hommes qu'elle suivait ou à qui elle laissait des commentaires. Elle allait me le payer...

« Tu veux instaurer des règles ? Tu vas en baver ! » me dis-je.

Je rentrai dans une dimension qui n'était pas la mienne, dans un rapport qui ne me ressemblait pas, une régression totale mais je m'en fichais, je lâchai prise.

Sans que je le réalise, c'était le début de la fin, parce que je la meurtrirais à mon tour, je rendrais dorénavant les coups.

Je souffrais en furie, visité par mes fantômes, mes colères et mes peurs.

Meurtri, à l'aube, mon corps céda, m'accordant finalement un peu de répit.

Je me réveillai en sueur une heure plus tard.

Elle ne pouvait disparaître, il faudrait bien qu'elle se manifeste. Je n'allumerais pas mon portable avant midi, WhatsApp ne mentant pas sur les entrées et les sorties, je suggérai un leurre, une grasse matinée tranquille au sommeil réparateur.

À midi, je reçus un long message écrit depuis l'aéroport de Barcelone, avec de timides explications, m'indiquant qu'elle désirait simplement me parler directement et non par messages, raison pour laquelle elle ne s'était pas excusée la veille. « Pourquoi avoir attendu si longtemps ? »

Si seulement je l'avais prise au téléphone lorsqu'elle me cherchait, au lieu de m'enfuir en silence dans un taxi…

Elle se foutait vraiment de moi.

« Je t'aime trop je ne peux pas vivre sans toi » concluait le message.

Ma tension retomba d'un coup.

Elle venait de façonner une excuse à son silence et je m'en satisfaisais déjà, oubliant même les violences de la veille, telles ces femmes qui continuent d'aimer des hommes qui les maltraitent et acceptent tout, bâillonnées par des constructions mentales élaborées par leurs peurs, trouvant sans cesse des excuses, se meurtrissant dans leur chair jusqu'à l'auto-anéantissement, par amour, parce qu'elles ne s'aiment sans doute pas assez elles-mêmes.

Je lui donnerais une seconde chance.

À peine arrivée à son hôtel dans le quartier de Chelsea à Londres, Luna m'appela en FaceTime. Je décrochai, tendu. C'est tout enjouée qu'elle me montra sa chambre de luxe payée par le client, regrettant que je sois absent et projetant tout ce que nous aurions pu faire si je l'avais accompagnée, même l'amour sous cette douche gigantesque. Je compris que l'on était déjà passés à autre chose, elle n'avait aucune intention de s'expliquer. Elle ne pouvait affronter cette réalité, l'ayant par la force des choses reléguée à un simple « désaccord ».

Je mis le sujet sur le tapis, tant pis si je gâchais la soirée.

« J'ai eu tort, je m'excuse, mais je ne veux plus parler de ça, point final » dit-elle avec une autorité non feinte.

Elle qui de coutume prenait un malin plaisir à ressasser mes fautes, avait pour le coup la réaction opposée. La culpabilité était chez Luna un trait de caractère inconnu, puisqu'un mécanisme mental programmé pour nourrir ses souffrances puisait dans les actions des autres sa sève vitale. Sentant ma colère pointer à nouveau, je prétextai un coup de fil important pour couper court. Comme à son habitude, elle me fit partager sa soirée, en m'envoyant des photos agrémentées de messages amoureux auxquels je répondais à contrecœur. De retour dans sa chambre avant minuit, elle m'appela pour un dernier baiser. Je cédai au plaisir amoureux, cette drogue dure qui dans mon cas vient combler le trou béant du manque d'amour et de respect pour soi.

Nous étions à nouveau amoureux, raccrochant à coups de « tu me manques », « je t'aime » et l'une des préférées de Luna, toujours en espagnol, ce qui ajoutait à son charme :

« Tu eres mi vida mi hombre mi todo. »

Calé sur ma trottinette électrique, le cerveau encore embrumé, je filais déjeuner chez ma mère.

J'adore venir manger chez elle, j'ai le sentiment d'être le roi, d'avoir à nouveau seize ans, cet âge de liberté fraîchement découverte où l'on vous gâte à la maison avec une tendre arrière-pensée, celle de vous faire rester le plus longtemps possible dans le nid.

Tous les parents font cela, moi le premier.

Ma mère a auprès d'elle une femme remarquable, qui avec le temps est devenue une véritable confidente. Monique passe tous les matins faire le ménage et préparer le déjeuner, voire des petits plats qu'elle laisse sous alu au frigo ou dans le four pour le soir.

Cette femme porte en elle la joie de vivre et la gentillesse de la simplicité.

L'esprit vif, elle fait partie de ces gens surdoués naturellement qui, malgré des carences éducatives et culturelles, s'intéressent à mille choses et à qui rien n'échappe.

Je racontai mon séjour à Barcelone sans rentrer dans les détails sordides, ne voulant pas ternir l'image de Luna aux yeux de ma mère et restant encore à ce stade confiant pour la suite.

En revanche, je partageai avec elle mon inquiétude quant à la dépendance affective que Luna partageait à l'égard de sa mère et de l'influence, voire l'autorité que cette dernière exerçait sur elle.

– Attention Philippe, si demain tu l'épouses et que tu as un enfant, il ne faut pas que cela devienne celui de sa mère. Tu comprends ?

– Oui, il n'y a pas de risque t'inquiète, je ne la laisserai pas faire.

– Tu dis des conneries ! Luna vit aussi à Barcelone, ses parents sont là-bas et puis elle n'a jamais eu d'enfant, c'est normal que le jour où ça arrive elle se repose sur sa mère. L'autre sorcière possessive va en profiter pour s'approprier le petit et tu vas l'avoir dans le cul, c'est le début des emmerdes, crois-moi. Tu dois régler ce problème avec Luna avant !

Je savais qu'elle avait raison, un doute supplémentaire venait de germer en moi.

Ne manquait plus qu'un mauvais psy.

– J'en parlerai à Luna, je réglerai le problème ne t'inquiète pas.

– Oh mais je ne suis pas inquiète, je dis ça pour toi, ce n'est pas ma vie !

Ce genre de rapports ne se défait pas comme un lacet de chaussure, il ne suffit pas d'en parler pour résoudre l'équation.

La fracture était bien plus profonde, une culpabilité réciproque, de la frustration chez une mère jalouse, couplée à des peurs viscérales, donc un besoin de contrôle avaient créé cette relation compliquée à assainir. La mère avait tissé sa toile depuis de nombreuses années, s'assurant la mainmise sur sa fille, dont un pan de la personnalité avait visiblement du mal à devenir adulte.

De son côté, Luna ayant quitté trop jeune le cocon familial pour faire du mannequinat à l'étranger, culpabilisait d'avoir abandonné sa mère entre les griffes du paternel, « cet homme égoïste et abusif ».

Je n'ai naturellement jamais pu vérifier la véracité de ses dires, mais au vu de ce que j'avais constaté, ses arguments me semblaient plausibles.

Soudain absorbé dans mes souvenirs, je nous revoyais arrivant un soir à la maison, découvrant que sa mère, encore elle, avait acheté des draps d'un jaune pisse de cheval, qu'elle avait déjà mis en place sur notre lit. Elle avait également accroché dans l'entrée, devant notre chambre à coucher, une photo encadrée de Luna mannequin, habillée d'un bustier noir, d'une culotte à dentelles et de porte-jarretelles, tenant une cravache sur le bord d'une piscine, où deux bellâtres dans l'eau la regardaient alanguis. Dominatrice provocante tenant tout son petit monde en respect.

– Qu'est-ce que c'est que cette photo, c'est nouveau ?

– C'est une vieille photo de mode, c'est ma mère qui l'a mise là.

– C'est quoi ce truc, je vais vivre avec un cadre de toi devant ma chambre en porte-jarretelles avec deux cons dans une piscine qui regardent ton cul ! Elle est dingue ou quoi ! ? Enlève-moi ça s'il te plaît.

– Je sais, c'est un peu déplacé, elle ne s'en rend pas compte.

– C'est ça oui.

Ma mère me sortit de mes pensées en me faisant part de son inquiétude quant à la santé de mon père, elle le trouvait fatigué, apathique, déprimé presque.

– Tu as parlé à ton père dernièrement ?

– Non, tu sais on ne se parle pas très souvent.

– Je sais c'est pour ça ! Tu sais ton père va partir un jour, peut-être plus vite que tu ne le penses et tu risques de le regretter.

– J'ai toujours l'impression de l'emmerder quand je l'appelle.

– Tu dois faire l'effort.

Il est difficile de rompre des habitudes ancrées depuis l'enfance, il faut que les deux y mettent du leur, sinon c'est inutile et mon père n'était pas décidé à bouger d'un iota.

Écoutant les conseils de ma mère, je décidai de mettre de l'eau dans mon vin, peut-être aurais-je une bonne surprise, la montre-bracelet qu'il m'avait offerte était un signe de rédemption, qui sait ?

Nous avons planifié de lui rendre visite le week-end suivant, c'était important d'être présents et comme ma mère trouvait Inge différente depuis quelque temps, moins respectueuse, plus sèche lorsqu'il lui arrivait de répondre au téléphone, elle désirait en avoir le cœur net.

J'avais rendez-vous à quinze heures avec André, mon ami producteur, je ne pouvais pas m'éterniser.

Je quittai ma mère, la serrant dans mes bras, songeant que s'il y en avait une que je ne voulais pas perdre, c'était bien elle.

Je retrouvai André pour un café chez Lily Wang, un restaurant du quartier de Breteuil dans le 7e arrondissement de Paris. Un endroit branché où se côtoient les politiques, la mode et le cinéma. Le projet de scénario l'intéressait, ce n'était pas le coup de foudre, mais il y avait matière selon lui. Cela fera plaisir à Luna, pensai-je, je l'entendais déjà : « Enfin une bonne nouvelle ! » Comme je connaissais très bien André et que nous étions amis depuis vingt ans, je me confiai sur mes problèmes de couple.

J'avais besoin de parler, de sortir ça de ma poitrine.

– Toi un homme battu, c'est un comble ! dit-il en riant malicieux.

– Je ne suis pas un homme battu, j'ai l'air d'une victime ?

– Non !... T'aimes ça alors ? dit-il en rigolant de plus belle.

– T'es con !

– Écoute tu n'as pas besoin de ça dans ta vie. Tu l'aimes visiblement, car sinon te connaissant tu l'aurais déjà dégagée, mais tu n'as vraiment pas besoin de ça.

Je restai silencieux, attendant la suite.

– Vu l'histoire que vous écrivez, elle a déjà un passé compliqué non ? Les addictions, tout ça c'est trop lourd à gérer, regarde ma fille !

– Les addictions c'est fini !

– Ce n'est jamais fini ! Philippe tu as passé l'âge de ces conneries. Je serais toi je déposerais quand même une main courante.

– Ça ne se reproduira plus.

– Ce n'est pas la question ! Tu sais j'en ai vu d'autres, un jour tu peux avoir un problème. Elle n'est pas très équilibrée, tout ce que je te dis c'est de laisser une trace pour te protéger, au cas où.

– Tu dramatises, mais ok, je vais le faire.

– Sinon, tu as des projets ?

– Non, là avec le Covid pas grand-chose.

– Oui comme tout le monde, c'est dur en ce moment.

Le déjeuner s'acheva sur des projections professionnelles peu réjouissantes, mais entretenues par une belle amitié. Je ressortis avec un accord de principe sur notre scénario, suffisant pour nourrir mes espoirs en ces temps de vaches maigres.

Je décidai de rentrer à la maison à pied, pour réfléchir, la marche ayant toujours eu sur moi des effets positifs. Sur le chemin du retour, je pensais à ce qu'avait dit André, mais je n'étais tout simplement pas prêt à l'entendre. En revanche, je décidai de laisser une trace écrite de l'incident, il m'avait convaincu, ce serait une main courante et ce, dès le lendemain matin.

Au vu de toutes les épreuves que Luna avait traversées pour se sortir de son addiction, je restais tout de même certain qu'elle ne replongerait jamais. Là-dessus il se trompait, j'en étais persuadé, elle me l'avait juré droit dans les yeux.

– Je préfère mourir que de replonger, j'ai trop souffert, ce truc a failli détruire ma vie.

J'y croyais dur comme fer, c'est une faiblesse, je le reconnais, la tendance à prendre au pied de la lettre ce que me disent les gens que j'aime, en les identifiant systématiquement à moi.

À peine arrivé à la maison, j'appelai Luna pour lui annoncer la nouvelle : un producteur était intéressé par son idée de film. La sentir heureuse était pour moi une bouffée d'oxygène, égoïstement, j'avais aussi besoin de me rassurer.

Elle venait de rentrer à Barcelone et, excitée par la nouvelle, anticipait déjà la suite, comme ces gens qui pour se rassurer sont toujours dans l'urgence de se raccrocher à des certitudes, échafaudant des échéances afin de les aider à voir le bout du tunnel.

Le printemps s'installait sans préambule, annonciateur d'un été radieux mais brûlant, encore ce foutu réchauffement climatique…

Luna rentrerait en fin de semaine, plus que deux jours à « tenir ».

Il était temps de faire un pas en avant.

Dans le taxi qui m'emmenait chez l'un de ces fameux bijoutiers de la place Vendôme, subitement anxieux, je me remémorai cette phrase d'un homme d'État dont le nom m'échappe et qui avait dit un jour : « Nous étions au bord du gouffre, aujourd'hui nous avons fait un pas en avant. »

Et si je me trompais ? Si c'était une énorme connerie ? Le doute m'envahissait, à moins que ce ne soit ma raison, qui tentait une percée désespérée…

Nous avions déjà parlé de la bague dans une discussion anodine lancée par moi, et étions tombés d'accord sur la taille de la pierre qui devait rester discrète afin de pouvoir la porter au quotidien.

Depuis l'apparition du Covid, la violence était montée d'un cran à Paris et un ami capitaine de police m'annonçait chaque fois des statistiques de plus en plus alarmantes.

Dans la boutique, alors que j'étais en quête du fameux solitaire incontournable, je pensai à Joseph, un sourire au coin des lèvres.

– Si tu es avec une femme et que tu l'aimes épouse-la, si tu ne l'aimes pas suffisamment et qu'elle veut se marier, ben quitte-la. Les fiançailles c'est une perte de temps !

D'une logique implacable. Je m'étais moi en revanche laissé convaincre que cela avait du bon, que cette bague était une promesse d'amour, un geste romantique que je jugeais pour la première fois attrayant. Cela faisait plaisir à Luna, qui avait envie de montrer aux autres son « appartenance à un homme ». Un truc de femmes, puisque nous les hommes ne portons pas de bague de fiançailles. Lorsque la vendeuse, ultra-qualifiée, vint me demander ce que je désirais, j'étais gêné tout à coup, comme si ma démarche était désuète.

Elle en revanche était tout enjouée, comme si c'était elle l'heureuse élue. Mon choix lui paraissait excellent et ses yeux brillaient de mille feux. Une bonne commerçante sans aucun doute.

Je repartis avec le précieux sésame, qui maintenant me brûlait les doigts.

Je décrétai sans douter, que le moment venu, l'idée de génie me viendrait pour faire ma demande.

Déjà en gondole, je passai l'après-midi sur mon ordinateur à chercher un endroit idyllique pour nous échapper quelques jours. L'île de Capri s'imposa.

Le soir au téléphone, je m'empressai de demander à Luna quels étaient ses projets dans les jours à venir, séances photo, défilés, tournages...

– Tournage, j'aimerais bien ! Non pourquoi ?

– Je voudrais qu'on parte quelques jours, ça nous ferait du bien.

– Oh oui ! Tu veux que j'organise ?

– Non cette fois-ci laisse-moi faire.

Il y eut soudain un blanc.

– Ah… T'es sûr ? Ce n'est pas vraiment ton truc, alors que moi sur internet je trouve toujours les meilleurs endroits. Tu veux aller où ?

– Je vais te faire la surprise, j'y ai déjà réfléchi.

Un autre blanc… Elle était sceptique quant à ma capacité à organiser le voyage, c'était évident, il est vrai que ce n'est pas mon fort.

– D'accord.

– Souris quand je te pince !

– Quoi ? Ça veut dire quoi ?

– Que tu n'as pas l'air convaincue.

– Si, si…

Le lendemain matin, je passai prendre ma mère en voiture pour aller chez Joseph comme prévu. Flamboyant j'annonçai la grande nouvelle.

– Ça y est j'ai acheté la bagouze !

– Ne commence pas à démystifier les choses !

Elle se mit à rire.

– C'est bien ! Tu vas lui donner quand ?

– La semaine prochaine, à Capri.

– Waouh, Capri c'est romantique !

– Oui, il faut marquer le coup.

– Là tu le marques doublement ! (Elle rit à nouveau) Tu es heureux ?

– Oui… Mais ça me fait un peu bizarre.

– C’est bien. Elle va être heureuse, ça va la détendre, ça rassure les femmes en général. Elle va se calmer, elle picole toujours autant ?

– Toujours…

Elle hocha la tête comme pour dire « ça c’est emmerdant ».

Inge nous attendait sur le pas de la porte, ses épaules s’étaient effectivement élargies. En quelques mois, son expression corporelle n’était plus la même. Je ressentis l’agacement de ma mère lorsqu’elle la salua, en descendant de voiture. Plus diplomate, je lui fis une bise.

– Il fait la sieste, dit Inge avant de nous conduire dans le salon sans même nous proposer un verre d’eau.

– T’as vu ce que je te disais ?

– Maman, ça va, elle n’a rien fait !

– Elle est désagréable ! Viens, on va dans la cuisine, on va se faire un thé, on éclaircira ça avec ton père.

Lorsque mon père arriva dans la cuisine, il était de mauvaise humeur et avait effectivement une petite mine. Il nous annonça qu’il avait fait des examens de sang il y a trois jours et que les marqueurs cancéreux étaient en hausse. Il avait rendez-vous pour un PET-scan la semaine prochaine.

– Pourquoi tu ne m'as rien dit ? demanda ma mère.

– Ça ne servait à rien tant qu'on n'a pas fait le scan.

– Oui, ça ne servait à rien, lâcha Inge, emboîtant le pas à mon père.

Ma mère lui jeta un regard assassin.

Jusqu'à présent la « saucisse » ne se mêlait jamais de ce genre de discussions, surtout si elles étaient liées au travail ou à la santé de Joseph. Elle s'enracinait...

– Tu peux nous laisser s'il te plaît, dis-je poliment.

Elle laissa passer deux secondes de défiance, puis se leva et sortit sans fermer la porte de la cuisine, comme si elle voulait entendre notre conversation.

Je me levai pour fermer la porte.

– Soyez gentil avec elle, qui est-ce qui va s'occuper de moi, qui va me nettoyer le cul si vous la faites partir ?

– Il y a des services médicalisés pour ça Joseph, et puis nous on sera là.

– Tu vas t'occuper de moi vingt-quatre heures sur vingt-quatre ?

– S'il le faut oui, avec une assistance, et puis tu as tes enfants.

Il s'emporta.

– Vous savez l'humiliation que ce sera pour moi ? Et puis sachez-le, j'ai décidé de ne pas faire de chimio. On a enlevé la tumeur et voilà qu'elle revient, basta ! Je veux qu'on me foute la paix.

– T'en sais rien si elle revient, dis-je, tentant d'apaiser les choses.

Joseph se contenta d'un haussement d'épaules et d'un bref soupir, les yeux au plafond, prenant soudain son air de chien battu.

Nous avons pris le thé en essayant de dédramatiser une situation qui l'était suffisamment, donc sans mentionner l'attitude d'Inge.

Ma mère fit rigoler Joseph, quant à moi, je lui parlai de cinéma et des nouvelles sorties.

Il aimait cela, mais avait plus d'intérêt pour les films étrangers, n'omettant jamais de préciser que le cinéma français d'autrefois lui manquait.

« Aujourd'hui c'est un cinéma de cons, avec des gueules de manches à balai. De l'argent jeté par les fenêtres ! »

Il en avait encore « sous le pied », ça me rassurait.

Quand il nous raccompagna, il était en meilleure forme, il avait même repris des couleurs.

Il souriait enfin.

– Ne vous faites pas de soucis pour Inge, quand je serai crevé vous pourrez la mettre dehors, dit-il avec un clin d'œil complice.

– Reste pas tout seul, appelle on vient quand tu veux. Ton fils a toujours peur de déranger et moi avec ton doberman, je n'ai pas envie de foutre la merde…

– Arrête Danielle, (complice) n'en rajoute pas… ! Et mon fils est ici chez lui, il vient quand il veut.

C'est en silence et le cœur lourd que nous sommes rentrés à Paris.

Arrivé porte de Saint-Cloud je sortis mon portable pour écrire à Luna, j'avais besoin de lui parler, d'entendre sa voix.

Dolce vita

Dans l'avion qui nous emmenait à Naples, après avoir décollé tôt d'Orly, mon niveau d'excitation était au paroxysme. Ce soir j'allais enfin faire ma demande.

Pour Luna qui ignorait tout de la genèse du projet, nous partions cinq jours dans un endroit idyllique, je trouvais cela doublement excitant, l'effet de surprise mettait un piment supplémentaire.

À Naples nous avons sauté dans un taxi qui nous emmena directement au port. En avance sur l'horaire, nous nous sommes mis en quête d'un *baretto*, pour prendre un café serré et une pâtisserie en attendant la navette pour Capri. La douceur et les couleurs de l'Italie stimulaient nos sens, j'avais une impression de légèreté et d'insouciance qui me rappela mes vingt ans. Sentiment ambivalent au vu de la situation, où j'étais censé m'engager pour le reste de ma courte vie. À 52 ans avec une espérance de vie moyenne en France de 79, chaque minute compte. J'ai dernièrement, sur les conseils d'un ami septuagénaire légèrement dépressif, vérifié sur un mètre de couturier le temps qui m'était compté et effectivement, celui-ci me sembla très réduit…

À bord, nous avons posé les valises pour monter en courant à la proue du bateau, afin de ne pas manquer une minute du spectacle qui s'offrait à nous.

De la terrasse de notre chambre, au quatrième étage de l'hôtel Onda Verde, comme l'indique si joliment son nom, notre regard piquait sur le sun deck en pierre, en contrebas, où des transats recouverts de coussins vert émeraude en éponge se fondaient parfaitement avec la mer d'un bleu lapis-lazuli. En ce début de saison, avec le Covid, les Américains étaient aux abonnés absents. Cela qui ne pouvait pas mieux tomber, Capri prise dans la foule de touristes devient dû à l'étroitesse de ses rues un enfer. Insensible à ces détails, j'étais moi focalisé sur le dîner et la bague, seul un léger pincement à l'estomac me rappelait à l'ordre, signalant ma nervosité de n'avoir pas encore trouvé, de « botte secrète ».

Trop de monde y était passé avant moi. « Tu dois faire simple et décontracté, tout en ayant un charme irrésistible, surtout pas mièvre et avec un air solennel. » Une équation irréalisable !

Luna avait emmené une valise gigantesque, remplie de deux tenues par jour, plus quelques variantes au cas où son humeur évoluerait au long du séjour.

Elle aurait pu être Italienne.

Plus sobre, je voyageais toujours léger, quitte à faire des sacrifices sur la garde-robe.

Il est vrai qu'un homme s'habille plus facilement, une chemise, une veste légère en lin sur un jean avec des chaussures chics et le tour est joué.

C'est Luna qui avait décidé d'organiser le séjour sur place, ne me laissant guère le choix. Spécialiste, elle pourrait avoir un poste de direction chez TripAdvisor tant elle maîtrise le sujet.

Pour notre premier dîner, elle avait réservé dans un restaurant gastronomique d'un charme fou, sur les hauteurs de Capri, dont la terrasse encerclée de plexiglas était censée nous protéger du vent, tout en nous incitant à profiter d'une vue imprenable.

C'est au coucher du soleil que nous sommes passés à table, après avoir pris une coupe de champagne sur le deck face à la mer, admirant au loin la côte éclairée de mille feux par Naples et ses légendes. Mon cœur battait la chamade, je m'étais rarement senti aussi fébrile, j'étais heureux certes, mais un doute me taraudait soudain, un ego sournois avait pris le contrôle de ma pensée, incitant une peur presque panique de l'échec. Pas que Luna décline, mais plutôt que ma demande ne soit pas originale, ébouriffante à couper le souffle, que je ne sois pas à la hauteur, que toute cette préparation s'écroule, se diluant dans une banalité commune, plate et terrifiante.

« Je ne vais pas la glisser dans le gâteau, si elle l'avale ou pire, se fêle une dent, c'est la catastrophe. Dans la serviette non plus, elle pourrait la faire valser. M'agenouiller ? Non, pas avec ce monde, si elle est trop démonstrative on va nous regarder et si un con se met à applaudir, tout le monde suivra. » Les scénarios se bousculaient dans ma tête.

Je m'offris un coussin d'air en décidant de repousser l'échéance, me donnant ainsi le temps de la réflexion. Le dîner terminé, je proposai une petite marche sur un chemin que j'avais repéré et qui descendait en contrebas, certain de trouver un endroit où m'arrêter pour mon grand numéro.

– Mes chaussures me font mal aux pieds, avec ces hauts talons c'est compliqué pour moi de marcher en descente.

– Ah, ok comme tu veux.

– Mais si tu veux on passe à l'hôtel, je me change et on peut aller se promener en ville.

– Bonne idée !

Le destin prenait les choses en main. Avant de quitter la chambre pour notre promenade, Luna qui ne voyageait jamais sans ses petites bougies, en avait disposé quelques-unes sur la terrasse.

– Comme ça quand on rentrera ce sera éclairé, ce sera plus joli.

La terrasse éclairée de la sorte rendit le lieu d'un romantisme adéquat, je me lançai sans plus réfléchir, c'était le moment !

Je m'approchai de la rambarde de profil à la mer sous le feu des bougies.

– Tu peux venir une seconde s'il te plaît, je voudrais te parler.

Elle s'approcha, soudain inquiète.

Je la pris dans mes bras pour l'embrasser, puis, m'écartant légèrement, je mis délicatement un genou à terre.

Elle ne put retenir un petit rire accompagné d'un « Mais qu'est-ce que tu fais ? » Un frisson glacé me parcourut l'échine, elle riait ! J'étais à un doigt de me relever, prêt à faire une pirouette pourvu que j'échappe au ridicule.

Je pris mon courage à deux mains et me lançai.

Un immense sourire éclaira alors son visage, des larmes se mirent à couler instantanément sur ses joues.

– Mais oui, évidemment, bien sûr… ! Oh mon Dieu tu me demandes d'être ta femme ?

Le bras tendu, la boîte ouverte qui présentait le solitaire, le genou à terre, j'avais dépassé depuis longtemps l'atmosphère du romantisme… Ou de l'absurde, au choix.

Qu'importe, j'enfilai l'anneau qui heureusement glissa aisément.

Elle riait, m'embrassa mille fois, enfin heureuse.

Sous le coup de l'émotion, un peu décontenancé, j'avais ce sentiment étrange d'être passager de ma propre existence. Je me précipitai sur le téléphone pour commander une bouteille de champagne, puis à sa demande, des fruits rouges, exauçant tous ses désirs pour mon plus grand plaisir.

Couchés à l'aube, nous avons décidé en nous réveillant sur les coups de midi de nous installer pour la journée sur le deck au soleil, pour nous détendre et nous baigner dans une Méditerranée fraîche et tonifiante de saison.

Demain nous irions faire notre excursion en bateau.

Encore grisés par l'heureux événement, c'est des étoiles dans l'âme que nous nous sommes réveillés le lendemain, prêts pour l'aventure marine. Après un détour chez le traiteur pour récupérer prosciutto mozzarella, quelques artichauts dans l'huile d'olive, du parmesan et de la foccacia sans oublier une bouteille de rosé que nous avons calée dans une poche de glace, nous avons filé au ponton retrouver notre loueur.

Luna soudain s'inquiéta.

– Tu as vu la mer est un peu agitée, ne va pas faire le fou, j'ai peur en bateau quand il y a des vagues !

– Mais ne t'inquiète pas, j'ai l'habitude, entre la Corse et la Bretagne où j'ai passé mon enfance je sais faire.

– Tu promets ?

– Mais oui, ne commence pas Amour.

Je tins parole et après une heure de navigation, je dénichai une petite crique à l'abri des vagues, mais malheureusement pas des locaux venus en masse s'abriter du vent. Déçu de cette promiscuité, je mouillai en professionnel, puis proposai un plongeon avant d'ouvrir le rosé. Luna refroidie par la houle, désirait attendre un peu, je pris seul mon bain de mer, tandis qu'elle installait les serviettes à la proue du bateau.

Sans nuages à l'horizon, nous profitions avec délectation de cette sublime journée, quand au moment où je me saisis de la bouteille de vin, l'impensable se produisit.

Je fus pris d'un mal de mer renversant.

Sur les gros bateaux, en pleine tempête, il m'était arrivé d'être malade, mais jamais sur un hors-bord secoué par de misérables vaguelettes.

– Mais qu'est-ce que tu as, tu es tout blanc ?

– J'ai le mal de mer, c'est atroce !

– Ah bon ! Je croyais que tu avais l'habitude. Baigne-toi ça va passer.

Je piquai une tête, puis remontai sur le bateau. En me redressant au sommet de la petite échelle, la tête me tourna si fort que je crus tomber à la renverse.

Je m'assis immédiatement.

– Qu'est-ce qu'on fait, on ne va pas repartir quand même ?

– Je ne sais pas ce qui m'arrive, c'est la première fois de ma vie que je suis malade comme ça.

– Tu es sûr capitaine ?

– Ne te fous pas de moi s'il te plaît, je te jure je ne sais pas ce qui se passe. Je vais essayer de m'allonger à l'avant quelques minutes voir si ça va mieux.

Vingt minutes plus tard, j'abdiquai, il était inutile de résister, seule la terre ferme pourrait m'apaiser.

– Je suis désolé, il faut rentrer ça ne s'arrange pas.

Avec un effort non dissimulé je levai l'ancre.

– Tu dois prendre la barre au départ, après en mer avec la vitesse et le vent ça ira mieux, mais là impossible pour moi. Tu vas t'en sortir ?

– Oui, t'inquiète pas j'ai l'habitude ! dit-elle avec un large sourire.

Après quelques minutes de navigation, je pus reprendre les commandes. L'ironie était de mise, elle ne se priva pas, moi le grand marin, le Breton aguerri, tout y passa. De retour à l'hôtel, nous avons pris la sage décision de pique-niquer sur la terrasse, plus à ma mesure ce jour-là.

Luna qui avait immortalisé les meilleurs moments de cette matinée gâchée, pic-nic inclus, en fit profiter ses followers avec délectation et une rafale de hashtags.

Je dégustai, enfin, ma foccacia au prosciutto arrosé d'un filet d'huile d'olive et sentis mon sang circuler à nouveau, la vie reprenant ses droits.

– Quel bonheur, le grand luxe, c'est sur le balcon qu'il fallait tout organiser !

Je me détendais.

Je vis « mam » s'afficher sur mon portable.

La connaissant, elle ne m'aurait jamais appelé durant ce voyage sans une raison valable. Inquiet, je décrochai.

– Excuse-moi de te déranger mon chéri.

– Ça va maman, qu'est-ce qui se passe ?

– La tumeur de papa est réapparue, il a fait le scan ce matin. C'est mauvais signe je voulais te tenir au courant. Appelle-le si tu veux, ce serait gentil.

– Oui je vais faire ça, merci maman.

– Téléphone-moi quand tu rentres à Paris.

– Oui, t'embrasse.

Il me restait trois jours d'insouciance, après cela les ennuis commenceraient. Habitué à compartimenter, je rangeai Joseph dans un tiroir jusqu'à nouvel ordre.

« Seul compte le moment présent, le passé n'existe plus, quant au futur, eh bien il n'existe pas encore » comme disait avec sagesse le Lama. Je comptais savourer chaque minute de ce voyage avec ma nouvelle fiancée, qui pour une fois avait réussi à mettre ses tourments de côté.

– Qu'est-ce qu'a dit ta mère ?

– Pas des bonnes nouvelles, on en parlera au retour, je veux profiter de nous amour.

C'est à nouveau au bord de l'eau, que nous avons laissé filer cette fin d'après-midi, envoûtés par un coucher de soleil longitudinalement aligné sur notre horizon.

Luna avait réservé pour dîner dans le restaurant d'un palace grand luxe de Capri. Elle avait pris soin comme toujours de nous obtenir une des meilleures tables, sur la terrasse, à l'abri d'une arcade de couleur ocre, ornée de lierre, face à la mer. Comme toujours elle voulait le « top ».

Nous avons diné au Sassicaia, un grand vin italien choisi par notre sommelier, afin d'accompagner une succession de plats à savourer du bout des lèvres, pour finir par une « farandole de desserts maison ». Une explosion pour le palais et les sens, un peu comme le coup de bambou que je reçus au moment de l'addition. Je m'acquittai de la note avec hauteur, adoptant la gestuelle précise de celui qui en a vu d'autres, esquissant même un sourire satisfait du coin des lèvres à la « Gatsby ».

Pas la moindre dispute ne vint perturber notre échappée italienne, même Instagram n'avait pas réussi à me déstabiliser.

Je la trouvais épanouie et cela m'enchantait.

Dans l'avion du retour, lucide, je me dis que cinq jours ne déterminaient pas une relation, mais que ces fiançailles étaient ce qu'il fallait pour commencer à apaiser les tourments qui la rongeaient.

Baptême du feu

Le ciel s'assombrissait à nouveau, la mauvaise nouvelle était tombée. Joseph avait été contraint de passer quarante-huit heures à l'hôpital afin de réaliser des examens approfondis. Il devait aussi faire des prises de sang toutes les semaines, ce qui l'agaçait prodigieusement.

– À quoi bon me faire chier avec tout ça, cela ne sert plus à rien à ce stade !

Je lui aurais volontiers donné raison, mais sous la pression des médecins, j'avais emboîté le pas au reste de la famille.

Luna était partie cinq jours pour un tournage providentiel de dernière minute, mais dont elle ne savait pas profiter.

Capri était déjà loin…

« Le rôle est trop petit pour moi, je mérite mieux » répétait-elle en boucle depuis le projet signé. J'avais beau tenter de lui expliquer qu'il suffisait d'une bonne scène dans un film pour susciter l'intérêt de la profession et lancer une carrière, elle ne voulait rien entendre, énervée par le fait qu'en plus, son nom n'était pas selon elle à la bonne place au générique.

Cinquième position, derrière un acteur qu'elle trouvait nul et moins connu (en réalité ils ne l'étaient ni l'un ni l'autre), dont le rôle était moins important et aurait dû par conséquent passer après le sien.

Furieuse, elle envisageait même de changer d'agent, ce dernier n'ayant pas été capable de défendre ses intérêts comme elle le souhaitait. J'étais médusé face à cet ego qui se dévoilait abruptement et qui me semblait en totale opposition avec la posture d'humilité habituelle de Luna face aux gens du métier, qui était certes, le reflet d'un énorme manque de confiance en elle, mais qui seyait mieux à sa position actuelle. Cela n'avait pas de sens, j'avais soudainement en face de moi une star capricieuse, une autre personne en somme.

Je me souvenais d'une confession que m'avait faite une amie vivant dans le Connecticut et qui avait durant des années été au contact de « personnes souffrant d'addictions » qui comme elle fréquentaient les Alcooliques anonymes, et qui un jour m'avait confié que l'une des trois caractéristiques de ces gens-là était un manque de confiance en soi associé à un ego surdimensionné.

– C'est impossible c'est antinomique !

– C'est comme ça, 90 % d'entre eux ont cette caractéristique.

Après le tournage, Luna était rentrée directement chez elle à Barcelone, se projetant déjà dans une promotion du film à laquelle elle ne participerait pas, tant elle avait été maltraitée. Elle ne voulait rien lâcher.

Les enfants étaient inquiets, ils avaient une passion pour leur grand-père, une vraie et belle intimité, même s'ils ne le voyaient que rarement.

Ce soir nous étions en famille resserrée, sans ma mère, et c'est Uma qui nous prépara le dîner. Nicolas lui, se chargea du dessert.

Lorsque la conversation se porta sur Joseph, la petite eut la gorge serrée et des larmes coulèrent sur ses joues, elle avait du mal à accepter son refus des traitements. Je lui expliquai alors que c'était son choix, que quelques semaines de plus ne feraient pas une grosse différence.

– Pour nous oui ! dit-elle.

– C'est compliqué tu sais, d'attendre le départ de quelqu'un, de vivre au jour le jour en faisant abstraction d'une issue fatale. Quand l'autre souffre, tu peux être hantée par des sentiments ambivalents difficiles à accepter, comme le désir de voir l'autre partir par exemple.

– Pourquoi ? demanda Uma.

– Parce que tu en as marre d'être au supplice, marre de le voir souffrir, lui il sait où il va, il se prépare, mais toi tu subis. C'est dur ! C'est mieux comme ça, crois-moi.

– Ça t'es déjà arrivé cette ambivalence avec quelqu'un ? demanda Nicolas.

– Oui, avec ma grand-mère, la mère de Joseph, mamie Annie, elle est morte quand vous étiez petits.

Je venais d'ouvrir une porte, du coup la conversation se porta sur ma jeunesse. Les questions fusaient, des questions qui soi-disant étaient restées en suspens et surgissaient à une vitesse folle, rebondissant sur des « zones d'ombre » qu'ils jugeaient vital de mettre en lumière dans l'instant. Cela détendit l'atmosphère, nous passions une bonne soirée, cela faisait du bien de se retrouver juste tous les trois.

À un certain moment, la conversation se porta inévitablement sur Luna. Les enfants l'appréciaient, la trouvaient « sympa » avec eux, même s'ils ne cautionnaient pas nos disputes trop fréquentes à leur goût. Son côté compulsif les perturbait, lorsque des jours durant elle était obsédée par telle nourriture, telle chanson, ou encore tel restaurant dans lequel je devais absolument l'emmener chaque jour, ou encore cette boisson de chez Starbucks qu'elle buvait en rafales, pour au bout de deux semaines, décréter qu'elle n'en boirait plus jamais de sa vie. Les enfants craignent ce genre de comportements, sentent le déséquilibre. Ce qui agaçait le plus Uma dans ces manies, c'est lorsque la nuit elle jetait son dévolu sur leur pot de Nutella ou leurs biscuits au chocolat.

Je ne pus m'empêcher de rire en voyant l'air agacé de ma fille. « On ne touche pas au Nut ! »

Ils captaient bien la fragilité de Luna. Depuis le confinement qui nous avait réunis, ils lui reprochaient cependant, ce qui me plut moyennement, de me dire parfois ce que j'avais envie d'entendre...

Nicolas plus adulte, gardait une certaine distance et ne voulait pas trop s'immiscer, estimant que ça ne le regardait pas, du moins tant que la situation ne serait pas hors de contrôle. Après le dîner, nous avons décidé de regarder un film, comme jadis, lorsqu'ils étaient petits. Uma nous fit des pop-corns, et Nicolas choisit un polar d'action : *Man on Fire* avec Denzel Washington que nous avions tous déjà vu trois fois.

Le lendemain, comme chaque dimanche après-midi, je faisais mon footing sur les bords de Seine, lorsque ma mère m'appela.

– Ton père ne se sent pas bien depuis hier, il est très faible il a eu des vertiges et des nausées toute la nuit. Je l'ai eu ce matin il était angoissé.

– C'est toi qui as appelé ?

– Non c'est lui, il a même appelé son toubib, un dimanche imagine-toi ! Il le reçoit demain soir à l'hôpital et en profitera pour faire des examens de sang.

– C'est mercredi normalement, non ?

– Oui… Je pense que le docteur est un peu inquiet. C'est toujours le week-end qu'il arrive des merdes.

– Maman, je cours, on se rappelle plus tard.

Mon cœur s'emballa d'un coup, pour une raison inexpliquée, cette nouvelle me déstabilisa, j'avais le sentiment que les choses s'emballaient.

Je décidai de rebrousser chemin d'un pas rapide.

Les enfants étaient maintenant levés, je ne dis rien, mieux valait attendre les résultats, surtout les marqueurs du cancer qui, je le redoutais, allaient sûrement être élevés.

Soudain, tout ce que j'avais refoulé depuis des mois me rattrapait, j'en prenais conscience, mon père allait mourir.

Ma vie se mit à défiler dans ma tête, les moments passés ensemble se superposaient au manque de lui, nos rendez-vous ratés surtout.

Une colère irrépressible monta en moi contre « ce con d'égoïste » qui allait me lâcher. Je lui en voulais de m'abandonner sans avoir accompli son devoir de père. Une boule me serra la gorge, puis une violente secousse qui me tordit l'estomac me précipita sous la douche.

J'allumai l'eau, couvrant ainsi mes sanglots.

Sec et présentable, je sortis de la salle de bains. J'avais besoin de Luna, il me manquait ma moitié.

Enfermé dans la cuisine je décidai de l'appeler.

– J'ai besoin de toi, j'ai besoin que tu rentres.

– Quand ça ? Pourquoi ?

– Demain. Je sais que les résultats de Joseph vont être mauvais, la dernière fois les marqueurs étaient déjà hauts, j'ai besoin que tu sois avec moi pour ça.

– Mais je suis arrivée à Barcelone il y a quatre jours à peine !

– Tu y retourneras après si tu veux !... Viens s'il te plaît.

– Mais je n'ai pas eu le temps de faire tout ce que j'avais prévu, de m'occuper de choses pour la maison et d'autres trucs encore.

Je restai muet quelques secondes, sa résistance me décontenançait.

Blessé, la colère au ventre, je haussai le ton.

– Je t'ai déjà demandé quelque chose depuis qu'on se connaît ? Je ne te demande pas de m'accompagner à une soirée, je te demande d'être auprès de moi pour recevoir cette nouvelle. Mon père va mourir !

– Comment tu le sais ? Peut-être que tu te trompes !

– Je le sens ! Je le sais que ces résultats vont être mauvais ! J'ai besoin que tu sois avec moi !

– Non, je ne peux pas !

– Si j'étais à ta place, je lâcherais tout à la seconde et je sauterais dans le premier avion. T'aurais même pas eu besoin de me le demander.

– Tu te fais des fausses idées, je viendrai dans trois jours, pas avant.

– Tu te fous de ma gueule !?

À court d'arguments, je raccrochai. J'avais besoin qu'elle me prouve cette fois que je pouvais compter sur elle.

Je sentais la menace. Ces choses-là ne s'expliquent pas.

Quitte à m'humilier en insistant, je devais la faire changer d'avis. Je voulais à tout prix éviter une déception irréversible, plantant une rancœur au fond de moi qui me collerait à la peau et dont je ne pourrais jamais me défaire.

En sortant de la cuisine, je vis que les enfants avaient tout entendu, du moins l'essentiel, l'état de Joseph et mon inquiétude. Je dus m'expliquer, donner tous des détails, quant à Luna, Uma me fit remarquer d'un air entendu qu'elle ne viendrait pas, malgré mes appels au secours et ponctua sa phrase d'un pfffft qui en disait long.

– Elle viendra ! dis-je humilié en partant dans ma chambre.

À dix heures du soir, Luna me téléphona pour m'annoncer qu'elle venait de passer la soirée avec Giulia qui l'avait convaincue de venir, en lui faisant prendre conscience de l'importance d'entourer les siens dans les épreuves difficiles. Elle prendrait l'avion dès demain midi.

J'étais rassuré, mais ne savais pas comment réagir au fait qu'elle ait eu besoin d'une amie et de ses conseils pour comprendre.

Je la remerciai fraîchement, partagé entre l'envie de lui dire de rester chez elle et soulagé qu'elle ait pris d'une manière même détournée la mesure de l'enjeu.

Je me couchai, le vague à l'âme.

À dix heures le lendemain, revirement de situation, Luna m'appela pour me dire que finalement elle ne prenait pas l'avion, qu'elle ne viendrait que mercredi.

– Qu'est-ce qui s'est passé, pourquoi tu as changé d'avis ?

– Mon père doit faire des examens mardi matin et je voudrais l'accompagner, c'est important pour moi.

– Il a un problème ?

– Rien Dieu merci ! Mais je voudrais être là pour lui, je ne l'accompagne jamais et là il me l'a demandé.

– Écoute, explique-lui la situation je suis sûr qu'il comprendra !

– Non j'ai besoin de le faire ! Cet après-midi je règle mes factures et je dois aussi récupérer un colis à la poste, un designer qui m'envoie un cadeau, puis demain j'accompagne papa et mercredi première heure je te rejoins. J'ai un avion à 9 h j'ai déjà fait la réservation.

– Mais tout ça, tu peux demander à ta mère de le faire non ? Elle a l'habitude !

– Écoute, ça ne fait même pas une semaine que je suis là, j'avais décidé d'en passer deux ! Alors déjà que je reviens, laisse-moi faire mes trucs !

– Ne viens pas va te faire foutre connasse !

Je raccrochai, ivre de rage.

C'est une colère froide qui ensuite s'empara de moi, une sorte de dégoût, de distance entre nous, telle une déchirure.

C'est toujours dans l'adversité que l'on voit la nature de l'autre...

Il y avait certainement une réponse à tout cela, moi, son père, ses analyses, son refus de venir. Cette fois je refusais d'essayer de comprendre, plus de psychanalyse, je refusais un compromis inacceptable.

Le lendemain en fin d'après-midi, Joseph fit ses examens à l'Hôpital américain, plus une IRM que le docteur nous cala en urgence entre deux rendez-vous, parce que c'était Joseph.

Il nous demanda ensuite d'attendre dans un petit salon privé.

Il nous reçut tous ensemble, mon père, ma mère Mathilde et moi.

Le couperet tomba, c'était sans appel. Joseph en avait pour trois mois.

Je me levai d'un coup pour serrer mon père dans mes bras.

Son corps assis me semblait soudain plus frêle. Il me répondit par deux petites tapes sur l'épaule.

– Excusez-moi, je dois sortir.

Je me foutais des conventions, j'avais embrassé Joseph, ils comprendraient bien, j'avais besoin d'air. Sur le boulevard Victor-Hugo j'allumai une cigarette et après quelques pas, me posai au pied d'un arbre. Je ne pouvais m'empêcher de penser à Luna et son absence.

Elle m'avait depuis envoyé une vingtaine de messages ainsi qu'une capture d'écran de sa carte d'embarquement. Pour quoi faire ? Le match était déjà joué.

Errant dans un no man's land, vidé de ma sève je ne ressentais plus rien.

Dans un sursaut, je remontai en hâte retrouver ma famille qui m'attendait dans le couloir en silence.

Joseph voulut conduire.

On le déposa chez lui, à Paris, où l'attendait Inge. Mathilde voulut rester encore un peu avec lui, elle avait du mal à le lâcher, comme si chaque minute valait soudain son pesant d'or.

Je repartis avec ma mère, qui dehors, fondit en larmes dans mes bras.

Impuissante pour une fois.

Le grand voyage

Joseph voulait continuer à vivre à la campagne, jusqu'à ce que cela devienne intenable, il voulait profiter de la nature. La seule à qui il soit resté fidèle jusqu'au bout.

Il voulait préparer sa sortie dans la sérénité, loin des bruits sourds et envahissants de la ville. Le moment venu, il prendrait une assistance médicalisée à domicile, pas question pour lui de finir à l'hôpital. Dans la voiture il nous mit en garde : « Je veux crever chez moi, à la campagne, vous avez compris. »

– Tu m'as entendu Mathilde ?

– Oui.

Pourquoi insistait-il auprès de Mathilde ?

Je pensais aux enfants, il allait falloir trouver les mots justes.

Quand Luna débarqua de Barcelone le lendemain, je me contentai d'un salut de politesse. Je n'avais répondu à aucun de ses appels depuis quarante-huit heures et étais décidé à l'ignorer, la déception me rendait muet, je ne pouvais pour l'instant réduire cette distance qui s'était installée entre nous. Aux prises avec ses nombreux monologues, elle refusait comme toujours toute culpabilité et finit par confesser du bout des lèvres une erreur de jugement, qu'importe, j'étais ailleurs. À ce moment précis, je ne savais si j'étais en mesure de redevenir le Philippe d'avant, de pardonner, nous ne parlions pas la même langue d'amour, ne partagions pas les mêmes valeurs sur ce plan.

Je n'ouvris pas la bouche durant trois jours. Dans ma solitude je l'observais.

Mon père et moi échangions beaucoup, fait étonnant, il m'appelait même pour prendre de mes nouvelles. Une partie de moi savourait ces moments repris au passé, tandis qu'une autre aurait préféré que les choses restent en l'état, la douleur en serait moins mordante.

Après trois jours d'abstinence verbale, mes rapports avec Luna se normalisaient doucement. J'étais un peu comme un animal qui devait reprendre confiance.

Je lui proposai de repartir à Barcelone, argumentant qu'il n'y avait plus d'urgence, mais elle refusa, soudain inquiète, comme si quelque chose s'était brisé entre nous. Le fait que je lui propose de retourner chez elle réveilla une peur qui la fit réagir d'un ton qui me sembla étrange.

– Non, je veux rester ici et m'occuper de ma famille !

Nous avions repris depuis deux semaines l'écriture de notre histoire et allions souvent au cinéma pour trouver l'inspiration. Le soir, nous faisions de longues promenades dans le quartier en parlant de la vie, de cinéma, de ce qui nous semblait important à ce stade de notre existence.

Nous avions retrouvé une normalité.

À ma grande surprise, j'avais mis de côté son « erreur de jugement » que je considérais moi, comme une trahison.

Je ne me reconnaissais plus. Être présent auprès de nos proches, dans des moments aussi essentiels, faisait partie de valeurs indispensables à toute relation et je venais de passer outre.

Était-ce la mort prochaine de Joseph, une fatigue générale ?

Peut-être un peu des deux.

En sortant du cinéma ce soir-là, comme souvent sur le chemin du retour, nous nous sommes arrêtés devant l'église Saint-Sulpice pour contempler sa beauté majestueuse. Emportés par la douceur inhabituelle de cette soirée, et un désir latent laissé pour compte ces derniers jours, nous nous sommes mis à parler mariage. Un sujet délaissé, qui eut pour effet d'élever immédiatement notre PI amoureux. Luna soudain m'embrassa fougueusement.

– On pourrait se marier ici ? dit-elle en pointant l'église du doigt.

– C'est un peu grand non ?

– Oui tu as raison, on n'a pas assez d'invités.

– C'est trop officiel, il faut trouver une belle église mais plus petite. Si tu veux que ce soit dans ce quartier, celle de Saint-Germain est très belle et plus à taille humaine.

– Tu veux que ce soit dans ce quartier ?

– Oui… ce serait bien, dis-je d'un ton visiblement trop neutre à son goût.

– Tu vois tu t'en fous, tu n'es pas impliqué !

– Ne commence pas s'il te plaît, je ne m'en fous pas du tout, je suis très heureux, mais je ne vais pas sauter en l'air à chaque fois qu'on évoque une église, le menu, ou ta robe de mariée. Je t'aime c'est l'essentiel non ?

– Tu ne mets pas d'enthousiasme aux choses ! Tu ne veux plus te marier, si c'est le cas dis-le-moi maintenant.

Son ton devenait agressif.

Nous venions de traverser une crise majeure et je réalisais qu'elle n'en avait absolument pas pris la mesure. Je la sentais à nouveau prête à en découdre, ce qui lui permettait, dans une construction mentale qui lui est propre, d'effacer tout ce qui venait de se produire, donc toute responsabilité. Elle pouvait ainsi « repartir d'une page blanche », une manière de se déculpabiliser pour pouvoir me dire convaincue lorsque je lui faisais des reproches :

« Je suis une âme pure. »

Elle se considérait effectivement comme une sainte, au sens propre, poussée par des désirs dépourvus de mauvais sentiments... Lorsque, agacé par ses foutaises, je décidais de la contredire en faisant allusion à son historique d'addictions et des dégâts collatéraux occasionnés dans ses relations passées, la réponse était systématiquement la même, c'était de la faute des autres.

Étant souffrante, elle n'était de la sorte pas maîtresse de ses moyens, donc pas responsable. Elle bénéficiait de circonstances atténuantes.

Une logique imparable, qui lui donnait réponse à tout, dans la mesure où cela était validé par l'autre, ce qui était malheureusement le cas.

Les reproches qu'elle formulait étaient comme toujours liés aux désirs anxieux qui la dévoraient et qu'elle projetait, perpétuant une déviance familiale, consistant à remettre systématiquement la faute sur le dos de l'autre.

Luna et sa sœur avaient été victimes d'un paternel toxique qui, au gré de ses humeurs ou de leurs manquements, donnait des points successifs à ses filles, ne manquant jamais au passage de les humilier avec des mots qui faisaient mal. « Indigne, bonne à rien, t'es qu'une ratée, tu ne vaux rien ! » Le genre d'homme qui même le nez dans sa merde vous soutiendra que ça sent la rose.

Les enfants victimes de violences ne cesseront pas d'aimer leurs bourreaux, mais cesseront de s'aimer eux-mêmes.

Tentant de faire fi de cette conversation qui commençait à s'envenimer, je décidai de descendre la rue Bonaparte pour aller au tabac du coin, ouvert jusqu'à minuit, et lâchai avec une certaine décontraction :

– L'église Saint-Germain c'est bien et puis c'est en face des Deux Magots, c'est un peu comme une boucle que l'on refermerait.

La conversation se portait maintenant sur la robe de mariée et sur les invités. Connaissant Luna, je déclarai immédiatement vouloir un mariage sans réseaux sociaux, à l'ancienne, un mariage « normal » où les gens ne seraient pas tous avec leur téléphone portable à filmer l'événement afin de le faire vivre en direct sur Instagram, ou TikTok.

Je connaissais ses amis et certains étaient férus de ce genre d'exercice. Le genre à poster systématiquement leurs sashimis avant même de commencer à manger.

Je voulais absolument préserver ce moment, dis-je.

Luna s'arrêta net et me fixa durement.

– Même pas en rêve.

– Pardon ?

– N'y pense même pas ! Ce sont mes amis, ils feront ce qu'ils voudront !

– Tes amis iront se faire foutre, sinon il n'y aura pas de mariage, ou bien ils ne seront pas invités ! C'est aussi simple que ça.

– C'est toi qui décides de tout ? Il n'y aura pas de mariage ?

– Exactement !

– Ben c'est toi qui vas te faire foutre !

Elle partit en direction de la maison, me laissant planté sur le trottoir.

J'avais changé de posture et me dressais face à son désir le plus dévorant, celui d'exister. Je venais de lui porter un coup fatal, désarticulant son projet « bollywoodien ».

J'étais pour ma part blessé du fait qu'elle puisse monnayer ce que je considérais comme une démarche sacrée, et tous les efforts que j'avais consentis pour y arriver. Nous n'étions cette fois encore pas sur la même longueur d'onde.

Quand je rentrai elle m'attendait, l'œil vitreux.

Elle hurla qu'elle voulait simplement partager son bonheur, son rêve de petite fille, son mariage, sa robe de couturier !

– Mais partager avec qui ? Instagram ! Tu ne connais même pas ces gens ! Tu partages déjà avec moi, ta famille tes amis ça ne te suffit pas ?

« Ma robe de couturier » cette phrase résonna comme une onde de choc dans ma tête.

Ce n'était pas la première fois qu'une dispute éclatait au sujet d'Instagram. Ce réseau était sa vie, son oxygène. Ne tournant que très peu de films, elle avait reporté sur ce réseau social toutes ses frustrations, son besoin d'apparaître et d'exister. Elle avait le sentiment qu'à travers les likes et les commentaires de ses followers, elle continuerait d'être quelqu'un, qu'elle avait « une voix ». J'avais beaucoup de mal à admettre qu'une femme de son intelligence puisse tomber dans ce miroir aux cons. Toute la complexité du clivage de sa personnalité résidait dans ses contradictions que je ne pouvais accepter.

Une lutte acharnée eut lieu jusque tard dans la nuit, insultes et reproches se succédèrent inlassablement. Je ne lâchai pas une once de terrain, ouvrant tous les contentieux, même les plus insignifiants, répondant avec la même férocité, cherchant à faire mal moi aussi. Il n'y avait plus aucune censure, je ne tempérais plus et rendais coup pour coup, dans une ronde infernale et destructrice. Cette nuit, des années de travail et d'efforts sur moi venaient en quelques minutes d'être réduites à néant.

Au petit matin, la joute reprit avec la même intensité, mais plus douloureuse encore, le corps froid résistant moins aux assauts du mal.

Nous étions comme deux boxeurs, à bout de souffle dans les cordes, tentant de faire plier l'autre.

Accroché au bastingage, le corps voûté par la lutte, j'attendais une ultime déferlante qui cette fois tardait à venir.

Les doigts crispés sur le plan de travail en noyer, le visage de marbre, comme frappée en plein cœur, telle une gazelle transpercée par une lance massaï, Luna immobile, semblait cette fois accuser le coup. Elle fit subitement volte-face et partit s'enfermer dans la chambre.

Elle en était soudain touchante. Dans cette retraite, cette fuite, l'espace d'un instant, j'eus l'envie de la rattraper et de la prendre dans mes bras, pour la réconforter, tout oublier de nouveau. Pas un pleur, pas un soupir ne filtrait désormais, comme l'annonce d'un mauvais présage, d'une ultime déferlante qui viendrait taillader mes chairs et mettre à mal mon équilibre déjà précaire.

Je tentai de reprendre mon souffle. Fébrilement, je sortis un paquet de cigarettes de la poche de mon peignoir.

Dans une bouffée antalgique, regardant le gris du ciel, je me demandai comment j'en étais arrivé là. Comment l'amour et la douleur pouvaient-ils à ce point se superposer en couches successives, pour venir m'enchaîner à cet être de chair si fragile et puissant à la fois.

Je devais profiter de cette accalmie et de cette première cigarette.

Mon téléphone sonna dans un appel qui s'inscrivit de fait comme providentiel.

Ma sœur Mathilde me sommait d'être ce matin à 11 h 30 au bureau de notre père qui nous avait convoqués d'urgence.

Joseph venait de quitter la campagne pour se rendre à Paris, martelant qu'il était urgent qu'il passe au bureau. Ces derniers temps, il se faisait violence pour s'y rendre le plus souvent possible, cela le rattachait aux vivants, comme de dormir le téléphone allumé sur sa table de nuit ou parfois même posé sur son ventre. Lorsque ma mère avec une certaine logique, lui fit remarquer que personne ne l'appellerait à quatre heures du matin et que s'il avait besoin de nous parler, il lui suffisait pour cela d'allumer son téléphone, il lui expliqua qu'une ligne ouverte le connectait au monde extérieur.

La secrétaire personnelle de Joseph nous fit entrer dans son bureau.

Sans préambule, il nous présenta son notaire ainsi que deux de ses avocats, puis nous demanda de nous asseoir avec une certaine fermeté.

Je regardais son visage maintenant émacié, il avait à cet instant retrouvé son autorité naturelle et était redevenu Joseph Wagner, pas une once de son corps ne tremblait, la maladie semblant avoir été éradiquée par sa seule force de caractère.

– Je vais vous faire des dons de mon vivant, je préfère que ça aille dans votre poche plutôt que dans celles du fisc !

Tous les papiers étaient prêts, il ne prit pas la peine de nous expliquer de quoi il en retournait, il nous suffisait de signer ici et maintenant, ce qui fut fait sans résistance. Le moment n'était de toute façon pas celui des explications, nous le sentions bien.

Une inspiration plus tard et nous étions soumis à l'ISF. Mathilde tenta une question mais fut stoppée net.

– On en parlera ce soir tu veux bien ? Je vous attends pour dîner.

Puis il nous congédia gentiment, prétextant de multiples affaires à traiter.

À peine avions nous disparu qu'il fit sortir tout le monde de son bureau pour se saisir de son téléphone et appeler ma mère.

– Mon ange, c'est fait. T'aurais vu leurs têtes ! il partit d'un rire franc.

– Je suis fier de toi mon Jo, c'est bien de régler les choses ! dit ma mère au bout du fil.

– Tu passes ce soir prendre le café ?

– J'ai beaucoup de travail encore sur ce premier film, mais si je peux finir oui, je passerais vous embrasser.

Joseph raccrocha satisfait. Il a toujours aimé prendre les gens à contrepied, les surprendre, dans le bon sens comme le mauvais, un de ses « sports favoris ».

Il voulait aussi montrer à son ex-femme, la seule qu'il respectait, qu'il était aussi capable de bien faire, lorsque cela s'imposait.

Dans l'ascenseur, Mathilde resta volontairement silencieuse, alors qu'un certain soulagement s'emparait de moi. Pas que l'argent fasse office de réparation, malgré les martèlements freudiens. Je voyais surtout que Joseph venait de prouver qu'il était aussi capable de prendre soin de son fils. Pour ma sœur, c'était différent, plus naturel, elle avait toujours su lorsque le besoin s'en faisait sentir obtenir de lui à peu près tout ce qu'elle désirait. La surprise était moins grande, un peu comme une suite logique à laquelle elle s'était préparée. Alors que pour ma part, j'avais toujours mis un point d'honneur à ne jamais rien demander, ou presque.

– Qu'est-ce qu'il nous a légué, tu as pu voir ? demanda Mathilde excitée.

– Je ne sais pas, ça a été trop vite, on verra ce soir.

Il n'y aura jamais de ce soir.

En rentrant chez lui, Joseph qui se sentait fatigué alla s'allonger, demandant soudain d'un ton absent à Inge de le réveiller un peu avant notre venue, vers huit heures.

Une hémorragie cérébrale l'emporta dans son sommeil, la plus belle des morts.

Pour nous qui n'avions pas eu le temps de lui dire adieu ce fut un choc.

J'arrivai le premier. Inge descendit l'escalier, se ruant à ma rencontre.

– Il est mort ! Ton père est mort je crois ! hurla-t-elle en déboulant vers moi affolée.

La dépassant, je montai vivement les marches, pour me précipiter dans sa chambre. Je n'avais jamais vu un mort aussi frais, elle avait dû se tromper, il était encore là. Je pris d'abord son poignet, tentant de sentir un souffle de vie... Sans succès. Puis sa carotide, toujours rien.

– Apporte un miroir, dis-je à Inge avec un calme dont je fus le premier surpris.

Je mis le petit miroir sous ses narines, cherchant en vain une trace de buée miraculeuse. La vie semblait l'avoir définitivement abandonné.

Je le regardais sans le voir. Inge à côté de moi, droite comme un i pleurait, marmonnant des sons inaudibles.

Seul dans mon effroi je ne pouvais l'entendre.

– Je crois qu'il est parti... Il est parti, dis-je.

Je me forçai à le regarder, voulant affronter la mort en face, imprimer mon père et son visage d'éternité.

Je ne sais pourquoi.

C'est stupide, car l'on se souvient toujours des êtres bien vivants.

Observer la mort est étrange, surtout celle d'un être cher, si fort, capable d'affronter à lui seul toutes les tempêtes.

Arrêt sur image, tel un cadre sur un masque qui n'est déjà plus le sien.

Je le fixai avec intensité et peur à la fois, avec la crainte que ce visage ne vienne me hanter, et pourtant je ne voulais pas me défiler.

J'en faisais un point d'honneur.

La sonnette de la porte d'entrée me sortit de cet imbroglio, un peu comme dans un sommeil paradoxal où les images s'enchevêtrent et que par chance vous vous réveillez, en nage, dans un soulagement, lâchant : « Ce n'était qu'un rêve… »

Inge se mit à trembler comme une feuille, sa grande carcasse n'y résistant plus.

– J'y vais !

Je voulais accueillir ma sœur.

J'ouvris la porte sans une larme.

Trahi par ma pâleur, Mathilde vit immédiatement qu'il se passait quelque chose.

– Qu'est-ce qui se passe ?

C'est au moment où j'ouvris la bouche pour formuler l'impensable que mon visage fut pris d'un spasme douloureux, plus par anticipation de la souffrance de Mathilde, que par la mort en elle-même.

Je lâchai un « papa » à bout de souffle.

– Qu'est-ce qu'il y a, il est arrivé un accident !?

Je repris le contrôle et d'une voix blanche je dis :

– Il est mort.

– Quoi ?

– Dans son sommeil. Il n'a pas souffert.

Mathilde se précipita vers la chambre mais ne put franchir le pas de la porte, comme si un gant de fer lui avait saisi la nuque pour l'arrêter. Après de longues secondes, une éternité pour moi, elle fit deux pas pour se figer à nouveau.

Doucement, je lui pris la main pour l'emmener au chevet de notre père.

Il faut être fort et s'astreindre à dédramatiser ce passage obligé qui, dans notre société matérialiste où le moi fait foi, est vécu comme un baisser de rideau tragique, alors qu'il n'est en fait qu'une étape supplémentaire dans le cheminement de nos vies successives et impermanentes.

Ma mère nous ayant rejoints, nous étions maintenant réunis dans l'appartement de Joseph où chuchotements et coups de téléphone se succédaient. Il fallait organiser sans tarder la visite du médecin, qui, accompagné d'un inspecteur de police, déclarerait la mort, et des pompes funèbres, auxquelles naturellement personne n'avait songé jusqu'alors, afin qu'elles embaument mon père le temps des recueillements.

Je n'avais pas encore parlé aux enfants, juste appelé Luna pour lui annoncer la nouvelle, lui demandant de leur passer le message de ne pas sortir ce soir.

« Dis-leur que je dois m'entretenir avec eux d'un problème sérieux, c'est important. »

Un problème sérieux, je n'avais pas trouvé de meilleure formule.

Il fallait qu'ils m'attendent sans se douter du pourquoi, les convaincre mais sans les inquiéter, un numéro de funambule.

« Tout cela n'est pas très drôle », me dit ma mère fataliste, avant que je ne quitte l'appartement pour rentrer. Cette phrase en boucle dans ma tête me permettait de dédramatiser la situation. Quand je rentrai à la maison, mon fils et ma fille m'attendaient devant la télé, impatients.

Les confronter était pour moi presque aussi douloureux que ce qui venait de se produire. Je les fis asseoir à côté de moi et doucement, d'un timbre doux, je leur annonçai le départ de leur grand-père.

Nicolas le prit tout en retenue, quant à Uma, sensible comme à son habitude, elle me serra fort dans ses bras pour éclater en sanglots. Je posai une main lourde de sens sur la nuque de mon fils et l'attirais contre moi.

Luna, un brin perdu, compatissait.

Je retournai plus tard dans la soirée chez Joseph, afin d'attendre le médecin qui tardait à venir. Débordées en raison du Covid, les pompes funèbres ne pouvaient pas se rendre au domicile avant le lendemain midi, et nous demandèrent expressément d'ouvrir les fenêtres et surtout, d'éteindre les radiateurs.

« Ne vous inquiétez pas tout ira bien, le corps se conservera sans problème. »

Lorsque je rentrai chez moi à trois heures du matin, la maison était silencieuse. Je pris une douche, puis me mis au lit avec une sensation de vide dans l'estomac.

Luna dormant près de moi, je posai délicatement ma main sur la sienne, ce qui eut pour effet de la réveiller, la poussant hors du lit pour trois ultimes gouttes.

Quand elle se recoucha, oubliant ce qui se déroulait, elle me fit un baiser de bonne nuit avant de sombrer à nouveau. Je posai les mains sur ma poitrine, essayant de sentir mon cœur battre et de m'endormir sur son rythme, étrangement lent.

Lorsque les quatre personnes des pompes funèbres sonnèrent à la porte, je crus à une blague, tant elles avaient le profil de l'emploi. Surtout le grand, avec son costume gris foncé trop court qui avait l'air de sortir directement d'une BD d'Uderzo.

C'est une jeune femme qui portait le sac avec tout le nécessaire, elle n'avait pas trente ans, tout comme le grand fil de fer et son acolyte. Seul celui qui semblait être le superviseur paraissait plus adulte.

« Mais comment fait-on pour choisir un métier pareil ? Ça doit être super bien payé, ce n'est pas possible autrement. »

À voix basse, ils me saluèrent, ce qui rajouta un trouble supplémentaire à la scène, puis me demandèrent où se trouvait la chambre de « la personne décédée ».

– Vous avez préparé des vêtements ?

– Oui oui, dans la chambre.

– Vous avez prévu des chaussures ?

– Oui mais on les lui mettra en sortant, avant de monter dans le cercueil.

J'interrompis ma phrase dans un hoquet, réalisant ce que je venais de dire...

– Excusez-moi, je...

– Il n'y a pas de quoi, j'ai compris, ne vous inquiétez pas, dit-il avec un sourire révérencieux.

Je fermais la porte de la chambre derrière moi quand, d'instinct, je marquai une hésitation, soudain soucieux de leur abandonner mon père pour cette dernière toilette.

Mon imagination se mit aussitôt en ordre de marche et c'est au prix d'un effort de concentration intense que je réussis à censurer mes pensées.

Ma mère, Mathilde et moi attendions sagement dans le salon. Joseph serait fin prêt pour l'arrivée de Luna et des enfants. L'angoisse aidant, nous étions à fleur de peau et c'est dans le rire que nous avons basculé lorsque j'évoquai le croque-mort.

Ma mère en remit une couche, avec une blague dont elle seule avait le secret. C'en était fini de notre veillée au mort. Un verre s'imposait et c'est au bar bien achalandé de Joseph, que je leur préparai mon cocktail de prédilection, inspiré par mon ami Big Lebowski : un « White Russian » bien glacé.

Lorsque la porte s'ouvrit, toujours avec la même révérence, nos amis croque-morts nous invitèrent à rentrer dans la chambre pour valider leur « création sublime » dont ils n'étaient pas peu fiers. Ces gens aiment ce qu'ils font et le font avec bonne volonté, ça se sent.

Le résultat était édifiant, troublant même, tant Joseph semblait dormir.

Le masque de cire s'était envolé, il était maintenant habillé et coiffé sur le lit comme s'il était en train de terminer sa sieste. C'était mieux que les enfants le voient comme cela, le masque de la mort pouvant être effrayant.

Il était temps pour moi de me servir un autre verre. Accompagné par ma mère, tandis que Mathilde parlait avec Alexandre dans la cuisine où Inge, qui n'avait pas quitté le lieu depuis le décès, s'était endormie sur un coin de table. Dès l'arrivée des enfants, je les accompagnai pour le recueillement. Puis ce fut au tour de Luna.

Elle s'avança très près de Joseph, comme si elle voulait que rien ne lui échappe, et resta un long moment immobile à l'observer. Seul son œil gauche pleurait.

Je voulus sortir, mais elle me retint avec un désarroi presque enfantin.

– Attends encore une minute ! Attends-moi s'il te plaît.

Je me plaçai au pied du lit, dos au mur.

Durant ces trois jours, Luna alla plusieurs fois voir Joseph, contrairement aux enfants qui eux ne désiraient plus rentrer dans sa chambre. Lorsque vint le moment de la mise en bière, après lui avoir enfilé ses chaussures John Lobb noires, celles qu'il aimait tant mettre avec son costume gris foncé, son uniforme, je restai dans le salon à attendre. Je ne désirais pas voir le couvercle se refermer sur lui, craignant d'imprimer cette image à jamais. En revanche, ma fille Uma, Luna et ma mère y assistèrent.

Joseph partit directement pour le funérarium de Cancale, où nous le rejoindrions trois jours plus tard, pour une messe privée dans la très jolie église de Saint-Suliac, village où il était né voilà bientôt 81 ans, avant qu'il ne retrouve sa mère dans le caveau prévu à cet effet.

Les jours qui suivent un décès qui nous touche d'aussi près sont particuliers.

C'est un peu comme si nous étions enveloppés par une grâce divine.

Ces moments de deuil et de recueillement nous rapprochent du divin, nous élèvent dans la lumière, seul l'essentiel de l'existence est pris en compte, laissant de côté tout ce qui n'a que peu d'importance.

La souffrance rapproche les êtres, les rend plus humains, empathiques, éveillés. Dommage qu'il n'en soit pas toujours ainsi.

L'amour était partout, nous reliait les uns aux autres, nous étions portés par une interdépendance naturelle. Seule Inge ne faisait pas partie du tableau, elle avait fait ses valises sans prévenir, puis avait disparu.

Ce fut un enterrement lumineux. Sous le soleil et sans embruns, un enterrement à la carte. Joseph ayant laissé des instructions très précises.

Mathilde contre toute attente, décida la veille de porter le cercueil de notre père, chose que je ne désirais pas faire. Nous n'avions pas vu le même journal télévisé, celui qui diffusa largement l'enterrement d'une star de la chanson, dont le cercueil fut porté par ses enfants jusque dans l'église. Cette image réussit à émouvoir Mathilde, au point qu'elle voulut faire de même.

« Papa m'a tout donné, m'a porté, c'est naturel que je le porte à mon tour », nous dit-elle habitée par un devoir devenu soudain irrépressible.

« Ce sera court, juste ce qu'il faut, il ne faut pas que vous vous emmerdiez ! » avait martelé Joseph. Nous avons respecté ses dernières volontés, ce fut un enterrement éclair pour le bonheur de tous. Il lui restait peu d'amis, il n'en avait jamais eu beaucoup, seul Pierre avait fait le déplacement.

Des cousins de la région avaient entendu parler de l'enterrement « du millionnaire, de celui qui avait réussi à Paris » et s'étaient précipités à l'église, mais c'est gentiment que nous leur avons demandé de partir. Pas de parasites avait insisté Joseph.

Dans le TGV du retour, à peine assis, épuisé, je m'endormis.

Chute libre

À peine étions-nous rentrés de Bretagne que Luna dévissait.

Ce soir-là, sombre et d'une pâleur inhabituelle, ne désirant pas dîner avec nous, elle se mit au lit devant un film. Lorsque je rentrai dans la chambre pour m'enquérir de son état, elle s'était endormie devant son ordinateur. Je la débarrassai de son lap top et retournai au salon jouer aux cartes avec les enfants. Une heure plus tard, droite comme un piquet, elle sortit de la chambre, l'œil vitreux, afin de se rendre à la salle de bains. Les enfants n'y prêtèrent guère attention, absorbés par notre belote. Lorsque j'allai me coucher, elle dormait à poings fermés et semblait apaisée. C'est en pleine nuit qu'elle me réveilla.

– Qu'est-ce qui se passe, pourquoi tu pleures ?

– Je ne sais pas je ne me sens pas bien, je fais une *attaque de panique*.

– Mais non, respire, laisse sortir, pleure ça va aller je suis là.

Je parvins à l'allonger, me lovant contre elle pour la réconforter, enroulant mon bras sur son épaule afin qu'elle se rendorme.

Les jours qui suivirent, son état s'aggrava. Elle faisait des efforts pour quitter la chambre, sortir faire des courses, parler, mais le cœur n'y était plus. Elle n'était bien qu'au lit, sur son ordinateur ou à dormir. Elle devenait de plus en plus sombre et pleurait sans cesse. Pour moi qui venais de perdre mon père la situation était compliquée à gérer, il m'était difficile d'endosser cette charge supplémentaire.

Un matin de bonne heure, elle se mit soudain à jurer avec désespoir, accusant la vie de nous entraîner inéluctablement vers une mort certaine, qualifiant cette injustice naturelle comme l'absurdité de toute condition humaine, avant de frapper le mur de ses poings.

Je m'interposai pour la calmer, prenant de mes mains son visage, lui couvrant le front de baisers afin de chasser les mauvais démons. Je commençais alors à rentrer dans une forme d'abnégation, faisant fi d'un deuil que je me devais d'entamer, pour me concentrer essentiellement sur elle. Ce n'était pas une fuite de ma part, mais le sens du devoir, c'était instinctif, je soutenais mes enfants qui s'en sortaient plutôt bien, et Luna, pour l'empêcher de couler. Je me sentais la force d'affronter cette épreuve sans penser à moi, à ce qui m'était nécessaire.

C'est après cet épisode de violence que le regard vide de sens réapparut, celui que j'avais surnommé reptilien. Nuit et jour il était là, m'observait froidement. Cet étranger à sang froid.

Luna n'était plus tout à fait Luna, le miroir de son âme voilée me présentait une autre personnalité, c'était troublant, effrayant même, car nous étions trois à présent. Lorsqu'elle s'exprimait, sa voix, sa gestuelle, ses mots, n'étaient plus qu'une façade, son regard disait autre chose, témoignant d'une imperméabilité totale.

Je ne reconnaissais plus la femme que j'aimais.

Observatrice, Uma le remarqua presque aussitôt. « C'est bizarre, elle a un autre regard, on dirait quelqu'un d'autre… » Cette fois je ne pouvais plus rien dissimuler, me contentant d'un « je sais ».

Nicolas, lui, n'y prêta pas vraiment attention, il avait vaguement le sentiment qu'il y avait un problème, mais il avait « d'autres choses à penser ». C'est un gosse qui intériorisait beaucoup et parlait peu, comme sa mère.

Je tentai de convaincre Luna de voir un spécialiste, qui pourrait nous donner un diagnostic avisé et appelai le docteur Aidenbaum, pour lui demander conseil. Il me recommanda sur-le-champ quelqu'un de confiance, un monsieur, un « père » qui la recevrait.

Le diagnostic fut sans appel, Luna faisait une décompensation. La mort de mon père l'avait choquée. Le psy en question la vit à quelques reprises, puis lui conseilla de voir un praticien lorsqu'elle rentrerait chez elle en Espagne. C'est du moins le retour qu'elle me fit…

La mort de Joseph fut un détonateur pour Luna qui laissa apparaître la partie immergée d'un iceberg de souffrance.

Pour ma part, les premiers jours qui suivirent la mort de Joseph, et ce malgré toutes les turbulences, me plongèrent dans un sommeil profond. Tel un enfant, je dormais d'une traite, huit heures par nuit, sans aucun souvenir de rêves ni cauchemars. Mon cerveau semblait quant à lui s'être verrouillé dans une accalmie providentielle. Les enfants courageusement affrontaient l'épreuve, Uma encore jeune avait besoin de verbaliser sa souffrance et nous passions beaucoup de temps à parler.

Il y avait chez eux une pudeur et déjà une vraie résilience.

Voyant que ma perte était douloureuse, ils s'efforçaient à ne pas me rajouter de charge émotionnelle et, lorsque la douleur les submergeait, pleuraient en silence, cachés tels des petits oiseaux pudiques. Lorsqu'ils me l'avouèrent, j'en pleurai d'émotion, conscient qu'ils avaient le droit de s'appuyer sur leur père, et qu'ils avaient choisi de faire front différemment.

La tension à la maison devenait palpable, Luna vivait maintenant dans la chambre et n'en sortait que très peu. Uma et Nicolas toléraient mal qu'elle ne prenne pas davantage sur elle, après tout Joseph ne faisait pas partie de sa famille, elle ne le connaissait que depuis peu et c'est paradoxalement elle qui semblait le plus en souffrir. Ils vivaient cela comme une provocation, presque une indignation. Ils étaient en colère.

Un matin où je sortis faire des courses, une dispute éclata entre Luna et Uma, cette dernière n'en pouvant plus, se sentit obligée de vider son sac, provoquant un drame.

Quand je rentrai à la maison, Luna en larmes, enfermée dans la chambre préparait un sac pour rentrer chez elle.

– Ta fille m'a agressée, je ne peux pas me laisser parler comme ça, je rentre à Barcelone.

Uma lui avait reproché de manquer de courage, et surtout de respect vis-à-vis de nous qui avions perdu un membre de notre famille. Elle considérait qu'elle ne me protégeait pas assez, ramenant toute l'attention sur elle. Des mots durs.

J'allai parler à Uma qui écoutait de la musique dans sa chambre, elle me confirma la « remise à l'équerre », sûre d'être dans son bon droit.

Je laissai partir Luna, il était préférable qu'elle se ressource avec sa famille le temps que les choses se tassent. En début d'après-midi je lui appelai un taxi pour l'aéroport.

Je me sentais soulagé, mais culpabilisais également de « l'abandonner à son sort ».

Le soir même ma mère vint dîner à la maison, dix jours étaient passés depuis l'enterrement de Joseph et c'était la première fois que nous nous retrouvions.

Je ne dis rien sur l'incident et priai les enfants d'en faire de même, officiellement, Luna était repartie chez elle pour travailler.

Luna à Barcelone était la bonne solution, cela permettait de préserver le calme chez nous en évitant des conflits potentiels. Pour moi en revanche, et c'était regrettable, cela signifiait des heures de conversation par jour au téléphone, avec une femme à la dérive.

Je rejoignis Luna au bout d'une semaine. En arrivant chez elle ce jour-là, je croisai en bas de l'immeuble Giulia, qui semblait inquiète. Elle savait ce qui était arrivé, mais me posa néanmoins mille questions sur le comportement de son amie, comme certains détails que je n'avais moi-même pas relevés, justifiant ses demandes du fait que Luna ne disait pas toujours les choses telles qu'elles étaient.

Je répondis le mieux possible et lorsqu'elle me prit dans ses bras, reconnaissante, je lui rendis son affection.

Je ne voulais pas laisser les enfants seuls trop longtemps, ils avaient besoin de moi et il n'était pas équitable qu'ils subissent à leurs dépens notre éloignement.

Je décidai de limiter à cinq jours ma visite à Barcelone, planifiant des allers et retours réguliers dans les semaines à venir. Luna bondit à cette idée, voulant absolument que je m'installe sur la durée, prétendant que cela nous ferait du bien de n'être que tous les deux, faisant négligemment abstraction de tout le reste. Je refusai, mettant en avant mon devoir de père, comme l'importance de rester soudé à mes enfants, ainsi qu'à ma mère qui avait besoin de ma présence auprès d'elle.

Une violente dispute éclata.

– Depuis plus d'un an qu'on est ensemble, j'ai accepté tes enfants, je suis restée dans ton appartement alors que je n'avais qu'une envie c'est d'avoir notre endroit à nous deux, j'ai pris sur moi, acceptant une situation que je ne voulais pas, je n'en peux plus ! Ça doit changer maintenant ! J'ai 38 ans, pas d'enfant et je m'étais toujours promis de fonder une famille avec un homme qui comme moi n'avait pas de passé, toutes ces concessions je les ai faites pour toi ! Par amour !

– Rien ne te retient, pars si tu veux il est encore temps ! Tu as toujours su à quoi t'en tenir, qu'est-ce que c'est que ces conneries ? C'est nouveau ! Tu ne m'as jamais parlé de ça !

– Oui car je ne voulais pas t'embêter alors que ton père était malade !

– Et là il vient de crever ! C'est le moment peut-être ?

– J'ai besoin d'un engagement de ta part, j'ai besoin d'une date pour commencer à penser à notre futur.

– C'est le moment de parler de ça tu trouves ! ?

– À mon âge il ne me reste pas beaucoup de temps j'ai déjà attendu suffisamment, maintenant j'ai besoin de savoir. Ça doit être dans les six mois sinon je te quitte.

– Tu me fais du chantage ? C'est ça l'amour, mon homme, mon tout, c'est comme ça que tu le conçois, en me posant un ultimatum maintenant ?

– Tu comprends, il me faudra au moins un an, un an et demi pour rencontrer quelqu'un, un an pour tomber enceinte, tout ça m'emmène à plus de 40 ans et j'ai peur de ne plus pouvoir après. C'est parce que je t'aime comme une folle, que tu es mon homme que je prends ce risque aujourd'hui, mais maintenant j'ai besoin d'être sûre.

Elle continuait sur sa lancée, telle une machine, ne prenant même pas la peine de prendre en compte ce que je vivais.

Je comprenais bien ce qu'elle disait, mais ce n'était pour moi ni la manière, ni le moment.

Son manque de considération pour ma famille, mon deuil que je n'avais pu entamer de son fait et maintenant son nombrilisme, me firent entrer dans une colère que je réussis à contenir au prix d'un effort démesuré.

D'après le docteur Aidenbaum qui s'était entretenu avec le psychiatre espagnol, la vision du cadavre de Joseph avait semble-t-il provoqué un déséquilibre dévastateur sur une personnalité déjà dysfonctionnelle.

Je changeai sciemment de sujet pour éviter une nouvelle déflagration.

– Tu as trouvé un thérapeute pour s'occuper de toi ?

– Je vais bien merci, j'ai revu une psychologue qui me suivait avant que je n'aille en cure il y a deux ans, qui m'a dit que j'étais sous pression c'est tout, mais qu'avec quelques séances cela irait mieux. Je suis juste hypersensible. Elle m'a aussi prescrit des antidépresseurs.

– Une psychologue ? Dis donc, si elle te suivait déjà avant que tu ne pètes un boulon c'est qu'elle ne doit pas être très efficace !

– Ce n'est pas le problème, je voudrais que tu réfléchisses à ce que je viens de te dire.

– C'est justement le problème, mais je vais y penser, oui !

Une personnalité dysfonctionnelle avec des accès maniaques n'est pas ce qu'on pourrait définir comme une crise existentielle, ou un simple coup de fatigue. Je n'étais pas spécialisé en la matière, mais ce que m'avait laissé comprendre le psychiatre était que plusieurs années d'un suivi intensif seraient nécessaires pour retrouver un semblant d'équilibre. Je ne pouvais voir la réalité telle qu'elle était, cette relation m'avait fait perdre tout discernement.

Je faisais de moins en moins la différence entre ce qui était acceptable ou non, m'enfonçant de surcroît dans une abnégation dangereuse, je le sentais.

J'entamai avec Luna une discussion qui s'avérait nécessaire, l'invitant à réfléchir sur une potentielle grossesse qui, cette fois, nous convenait à tous les deux. Faire un point dans trois mois, après que son état se serait stabilisé, me semblait être le meilleur consensus. « Il est préférable de mettre toutes les chances de notre côté, il ne faut pas prendre de risque pour la santé du bébé. »

Je venais de m'octroyer une bouffée d'air frais.

Après cinq jours de turbulences, je rentrai à Paris en pièces détachées. Deux mois étaient passés, Luna avait tenté un retour à la maison, mais les rapports conflictuels avec Uma la poussèrent à retourner chez elle fissa.

Descente aux enfers

Les choses semblaient se stabiliser légèrement. Hormis une nouvelle tendance à boire, sur laquelle je n'avais aucun contrôle vu la distance. Je constatais au téléphone un débit cotonneux et des déraillements dans la voix qui m'obligèrent à le souligner.

Luna prétendait que c'était les antidépresseurs, qu'elle ne buvait qu'occasionnellement, lors des repas, rien de plus, que le téléphone brouillait les perceptions. C'était pourtant clair, il m'arriva même d'enregistrer les conversations pour m'en convaincre, tant sa force de persuasion réussissait à me mettre dans le doute.

Je sentais que je commençais à n'avoir plus la force de me battre.

Quelques jours plus tard, elle décida sans m'en parler, ce qui était au préalable une condition entendue entre nous, de faire des injections de Botox, afin d'éliminer ses petites rides de sourire autour des yeux que j'aimais tant. Elle en profita pour s'en injecter sur le front, ainsi que de rendre ses pommettes légèrement plus saillantes, sans doute à coups d'acide hyaluronique, ce qui lui donna immédiatement selon moi, un air de « poisson lune ». Le lendemain de cette mini-intervention, alors qu'elle m'appelait en FaceTime depuis sa terrasse, je vis une très nette différence. Lorsque je lui fis remarquer, comprenant immédiatement de quoi il s'agissait, elle me soutint mordicus que je rêvais, que c'était faux, que c'était la caméra du téléphone qui déformait son visage. Je tentai une réponse rationnelle, comme le fait que nous faisions des FaceTime depuis plus d'un an et que l'objectif de son téléphone allait très bien… Mais rien n'y fit, elle soutenait son mensonge ridicule. Cinq jours plus tard, lorsque je la retrouvai à Barcelone et que face à l'évidence je lui demandai pourquoi elle avait menti, elle me répondit : « J'avais peur. »

Ce fut le début d'une longue série. Depuis ce jour Luna n'eut de cesse de me mentir sur tout ce qui lui posait problème, même les choses les plus insignifiantes. Puis, un jour, tout devint clair.

Giulia m'appela un soir en *conference call*, avec la mère de Luna en connexion ainsi que sa sœur de New York.

Elles prétendaient que Luna avait recommencé à prendre des médicaments, qu'elles la connaissaient bien, qu'elles le voyaient dans son comportement, mais aussi dans son regard.

Je leur expliquai que ce regard était apparu après la mort de mon père, lorsqu'elle avait commencé à sombrer et que cela n'avait rien à voir avec ses addictions.

Giulia et sa sœur n'en démordaient pas, m'assurant qu'elles savaient de quoi elles parlaient, que ce regard ne mentait pas et que c'était celui des benzodiazépines. La mère l'avait également remarqué, mais dans son effroi, elle restait sans voix.

Je m'érigeai vaillamment en bouclier, prenant la défense de Luna, argumentant que je vivais avec elle depuis près de deux ans et que si effectivement elle était retombée dans ses addictions, je l'aurais remarqué. Je rajoutai que Luna et moi en avions parlé souvent, rappelant comme pour mieux les convaincre ce qu'elle m'avait martelé à ces occasions « J'ai tellement souffert pour arrêter que je préfère mourir que de recommencer ». Pour moi ces paroles faisaient foi, Luna ne m'avait jamais menti sur ce sujet. Je me dressais contre la famille, au nom de la parole donnée, prêt à mettre s'il le fallait ma main sous le couperet.

À ce moment précis, sans même m'en rendre compte, je faisais une impasse totale sur les mensonges de ces derniers temps, focalisé totalement sur ma défense et mes arguments. Ce soir-là, je tentai de parler à Luna, mais elle restait injoignable. Ce n'est que le lendemain qu'elle m'appela paniquée, elle venait de se faire renverser par des voleurs à la tire et arracher son sac. Je la comprenais difficilement, tant ses propos étaient confus.

Ce fut notre dernière conversation.

Le lendemain après-midi, sa sœur m'appela de New York, pour me dire qu'elle avait envoyé une « apparatchik », une fille membre d'une « association de protection des toxicomanes », habituée à ce genre d'opérations, pour prendre sa sœur en main.

L'apparatchik en question débarqua le matin même à l'improviste, accompagnée de ses parents, pour effectivement trouver Luna sous emprise, à nouveau. Sans même que je puisse dire un mot ou avoir le droit de lui parler, elle fut envoyée en clinique psychiatrique, pour une désintoxication immédiate.

Giulia qui était proche de la famille, eut la gentillesse de me faire un compte rendu plus détaillé, m'expliquant que le téléphone de Luna lui avait été confisqué dès son arrivée.

– Je sais à quel point elle compte pour toi, mais tu dois comprendre que Luna n'est plus la fille que tu connais, c'est quelqu'un d'autre aujourd'hui.

– Personne ne m'a demandé mon avis, c'est quand même ma fiancée !

– Je suis désolée, dès que j'aurai des nouvelles je t'appellerai.

Luna venait de m'être arrachée et je vivais cela comme une deuxième mort.

Durant les jours qui suivirent, je ne mangeai quasiment plus, ne dormis plus, dévoré par un sentiment de vide, de manque et de trahison. Mille questions me taraudaient sans cesse, dont la première : « Comment a-t-elle fait pour se procurer les médicaments ? » L'incompréhension et la douleur d'avoir été trahi dans ma chair me dévoraient. Certes, un « accro » quelle que soit son addiction appartiendra toujours dans un coin de sa tête à cette substance, mais je lui avais accordé ma confiance et il était inconcevable pour moi qu'elle me trahisse. À deux on peut affronter toutes les tempêtes.

Éprouvé par la perte de Joseph, une autre partie de moi venait de disparaître. J'appelai le docteur Aidenbaum, j'avais besoin d'une écoute sincère.

Après avoir parlé à son collègue psychiatre, il me donna l'explication. Luna n'avait jamais parlé de son addiction, elle l'avait manipulé, c'est le médecin qui lui avait prescrit les Xanax.

– Ce mec est un con ! Comment a-t-il pu se laisser berner ?

– En général, lorsqu'on fait la démarche de voir un psy, c'est pour se soigner, la vérité s'impose donc logiquement.

– Oui, mais il est psy, comment il a pu se faire manipuler aussi facilement ? Ce n'est pas possible !

– Je ne sais pas, je n'étais pas là.

En trois séances elle avait réussi à manipuler le psychiatre, j'étais abasourdi.

Je compris que les antidépresseurs n'existaient pas, d'ailleurs comment sa psychologue qui n'est pas médecin aurait-elle pu les lui prescrire.

Deux semaines passèrent, Luna m'appela un matin de bonne heure, elle avait de nouveau le droit d'utiliser son téléphone, trente minutes par jour.

Lorsque j'entendis le son de sa voix, c'était pour moi comme un bol d'oxygène, mon cœur recommençait à battre, je redevenais vivant. Comme si mon propre enfant m'appelait. D'une voix fragile elle me raconta son quotidien, ses médecins, dont cette doctoresse formidable qui l'avait prise en main et stabilisée.

Et aussi les autres patients, des ombres muettes…

Je buvais ses paroles, laissant tout le reste de côté, mes doutes comme ma souffrance.

Passager de son destin, je n'étais plus maître du mien.

Elle avait reçu la visite de sa mère, venue lui amener du linge. Son père muré dans son silence ne voulait pas évoquer ce qui venait de se produire, tant il était « déçu du comportement de sa fille ».

Après un mois, c'est pourtant lui, qui sur les conseils de sa fille cadette, prit la décision de l'envoyer dans un centre de réhabilitation irlandais, un lieu où tout médicament est banni, au profit de techniques naturelles et de saunas qui soi-disant avaient fait leurs preuves pour extirper le « diable ».

Toute la famille y croyait dur comme fer, tout médicament, quel qu'il soit, même prescrit, était selon eux toxique pour Luna, faisant totalement fi de la doctoresse qui l'avait stabilisée. La démarche semblait dangereuse, au vu de sa pathologie, qui n'était pas simplement une rechute addictive. Là encore, je n'eus pas mon mot à dire, elle était totalement sous contrôle. Contre toute attente, la plus déterminée était sa sœur, qui semblait profiter de cette situation avec perversion pour se venger et ainsi « purifier » tous ses complexes et ressentiments de l'enfance, la culpabilisant aux yeux de tous avec une agressivité insensée.

L'aventure irlandaise se solda par une déroute dramatique. Après une semaine soumise à un régime de plantes, de vitamines et de hammams, Luna perdit pied.

Victime d'une anxiété féroce, elle prit littéralement la fuite afin d'échapper à la surveillance de ses gardiens, sautant dans un taxi pour l'aéroport.

Là, un billet prépayé que j'avais envoyé l'attendait, avec une prise en charge dès le lendemain dans une clinique proche de Paris, aux normes nettement plus conventionnelles. Une véritable exfiltration.

Je fis face à un torrent d'insultes et de menaces de la famille, m'accusant de la jeter dans un établissement où elle serait abasourdie de tranquillisants, et même d'électrochocs, selon sa sœur. Ils nageaient en plein délire, nous étions au 19e siècle et je venais de l'enfermer à Shutter Island.

Des ignorants !

Pour couronner le tout, ils me sommèrent de prendre en charge les frais d'hospitalisation, puisque j'avais de l'argent et que c'était de ma faute si elle s'était échappée.

On en revient toujours à la même chose.

Luna au milieu de tout cela semblait apeurée par cette famille despotique, mais avait tout de même eu la force de s'enfuir de cet enfer, où elle disait craindre pour sa vie.

En 24 heures, la situation était stabilisée, je pouvais lui rendre visite certains jours de la semaine, et c'est dans le parc de la clinique que nous nous retrouvions lors de sa promenade quotidienne.

Le psychiatre qui la suivait demanda un entretien à trois, non pas pour rentrer dans les détails de la thérapie, mais pour s'assurer de ma présence auprès de Luna, nécessaire selon lui à son bon rétablissement.

Je commençais, me semblait-il, à prendre du recul, suffisamment pour envisager de partir lorsque les choses iraient mieux.

L'appliquer se révélerait être une autre paire de manches. Luna ne tint pas plus de deux semaines à la clinique, pourtant confortable et verdoyante, plus proche d'un hôtel que d'une enceinte médicale.

Elle voulait rentrer chez nous à Paris, considérant qu'avec moi auprès d'elle, et avec son traitement, elle n'avait besoin de rien d'autre. C'était prématuré, mais elle réussit à convaincre l'équipe médicale responsable.

Nicolas avait regagné son petit appartement et j'avais briefé Uma sur la situation que je prétendais maîtriser.

Hormis ce qui s'était passé après la mort de Joseph, elle appréciait Luna, qui avait su tisser avec elle des rapports d'amitié plutôt que de belle-mère, et ne voyait plus d'un mauvais œil qu'elle rentre à la maison, mais s'inquiétait pour moi, me voyant empêtré dans une spirale, qui selon Uma, « m'entraînait vers le fond ».

J'étais aux petits soins avec Luna, lui préparant ses repas comme à une enfant. Il fallait qu'elle dorme et se repose, c'était essentiel. Je me devais pour l'instant de la protéger, tout en tentant de régler un conflit familial qui l'affaiblissait et pourrissait notre quotidien, surtout avec cette sœur hystérique qui, perdante, lui réclamait maintenant de l'argent qu'elle lui devait, depuis des années.

Elle appela même son agent à Barcelone pour lui raconter ses malheurs, lui demandant de ne plus faire travailler Luna. « Pour la protéger d'elle-même. » Elle désirait en fait reprendre le contrôle de sa sœur, qu'elle sentait vulnérable et la rendre tributaire de la famille.

Un mois s'était écoulé, Luna allait mieux, nous sortions beaucoup au cinéma et faisions aussi de longues promenades au jardin du Luxembourg, déjeunant sur un banc au soleil lorsque le temps était clément.

C'est là qu'elle reçut un appel de son manager, qui lui proposa un séjour rémunéré à Florence, dans un hôtel de luxe, moyennant quelques stories et posts sur Instagram.

L'occasion pour elle de gagner un peu d'argent et d'en profiter, à deux, car cette fois je serais du voyage.

Deux semaines plus tard, nous étions en route pour Barcelone afin de faire un essayage de vêtements de marque, puis, les bagages gonflés à bloc, nous devions décoller le lendemain pour Florence.

Cette fin d'après-midi était douce et c'est au Coca que nous prenions l'apéro sur la terrasse. Depuis quelques jours déjà, Luna qui se disait beaucoup mieux, me mettait une pression discrète pour pouvoir recommencer à boire du vin de façon modérée, « un verre par jour », arguant que son médecin l'y autorisait.

Je refusai, avançant que nous garderions l'occasion pour notre premier dîner à Florence. Je ne pouvais tenir l'animal plus longtemps et si le médecin l'approuvait… Il est vrai que depuis sa sortie, Luna était calme et agréable à vivre.

Un malheureux mail de sa banque vint au même moment jeter une ombre sur notre soirée. Luna était à découvert.

Il n'en fallut pas plus pour allumer la mèche et déclencher en elle le mécanisme mortifère de la destruction. Toute la complexité des souffrances de Luna résidait dans son incapacité à gérer ses émotions, dans des situations anxiogènes gérables pour le commun des mortels. Lorsque tout va pour le mieux, elle est la plus adorable des personnes, mais au moindre grain de sable, c'est l'emballement, la porte ouverte aux aspects les plus noirs de sa personnalité.

Un torrent de reproches effroyables s'abattit sur moi. J'étais en un clin d'œil devenu le responsable de sa faillite. Ella m'accusa de ne pas avoir respecté ma parole, qu'aujourd'hui elle en était là par ma faute, que si j'avais comme promis vendu le scénario que nous avions écrit ensemble, elle aurait de quoi payer son loyer et les autres à venir, qu'elle ne pouvait compter sur personne y compris sur moi, « son homme ».

Ces accusations étaient déplacées, sordides même.

Je tentai de lui expliquer que je n'étais pas responsable de la vente de ce scénario, que nous n'avions d'ailleurs pas encore achevé, en partie par sa faute, et que je n'étais pas non plus responsable de la crise qui sévissait dans le cinéma français, et encore moins de ses loyers impayés.

Elle était lancée dans une course folle aux reproches, que personne, elle moins que quiconque, ne pouvait ralentir.

J'étais un menteur ! Lorsque je voulais je le pouvais ! Elle m'avait vu déplacer des montagnes pour arriver à mes fins. Mais pas cette fois, à l'instar de notre mariage qui n'avait cessé d'être repoussé et, où je n'avais pas non plus exprimé de réel désir de concrétiser mon engagement. Tout y passait, partait à vau-l'eau.

– Le mariage ! Comment, en plein confinement ? En achetant la mairie, et le Maire ? dis-je exaspéré.

– Tu aurais pu trouver une solution !

Dominé par cette furie, plus rien n'était objectif.

J'avais de nouveau mal, incapable de prendre de la distance avec des mots qui me touchaient droit au cœur et mettaient en péril mon sens des responsabilités, ma fierté d'homme. En me reprochant de ne pouvoir compter sur moi, c'est mon amour-propre qu'elle attaquait, et je ressentais une injustice qui me broyait tant j'avais été présent pour elle, au détriment de moi-même.

Je ne pus contenir ma colère et c'est un torrent d'insultes qui s'abattit sur elle, avant que je n'entreprenne de détruire le salon pour évacuer cette rage qui me brûlait le corps depuis trop longtemps. Tout ce qui me tombait sous la main volait, cadres, lampes, chaises, je retournai la table dans un rugissement sauvage, avant de mettre un coup de poing dans la porte de la cuisine et de me fêler une phalange.

Je me calmai immédiatement.

Luna fait partie de ces gens qui n'ont de cesse de vous pousser dans vos derniers retranchements et qui, au moment où ressurgit la partie la plus sombre de votre être, vous reprochent vos réactions, vous pointant du doigt afin de vous culpabiliser. Recroquevillée contre le mur, terrifiée, elle ne bougeait plus.

Elle me dit des sanglots dans la voix, que cette violence était inacceptable d'un « grand homme comme moi », et que je devais partir, qu'elle avait peur et qu'elle ne pouvait accepter cela.

– Ça tombe bien je te quitte ! Tu m'enverras mes affaires par FedEx.

Ce furent mes dernières paroles ce jour-là.

Je sortis, laissant la maison en chantier et Luna partir seule pour Florence.

Je rentrai à Paris, l'âme et le corps victimes de ces blessures que je connaissais trop et auxquelles je semblais m'être misérablement accommodé.

Qu'est ce qui était à l'œuvre ? Une mémoire cellulaire, qui telle une vipère se faufilait dans nos corps depuis des générations pour venir se nicher chez moi afin de m'anéantir ? Ce n'est pas exclu. Les humiliations, la violence morale que j'avais subies de la part de Joseph et qui avaient malmené l'enfant que j'étais me semblaient être une explication plus rationnelle. Mille fois dans ma tête, j'avais tenté ces derniers mois de mettre un terme à ces coups qui m'étaient portés, et pourtant, j'en étais incapable. L'hameçon en gueule, je cherchai en vain ma source de vie. L'enfant est attaché à son bourreau, il lui pardonne par amour, par devoir inconscient, préférant se renier plutôt que de condamner. D'ailleurs il ne le peut pas, c'est contre nature, il se doit de survivre, me dis-je. Ces mécanismes étaient flous dans ma tête, mais je sentais que la réponse se situait là. Pourquoi n'arrivais-je pas à me détacher de cette souffrance, pourquoi m'était-elle soudain devenue indispensable, pourquoi ce masochisme ? Bloquant tous mes accès numériques, ne lui laissant de la sorte plus aucun moyen de m'atteindre, j'étais décidé à rompre.

Je quittai la maison où chaque centimètre carré me renvoyait à elle, son odeur et sa présence étaient partout, je ne pouvais le supporter.

Je ne pouvais non plus imaginer me coucher dans notre lit.

Je m'installai chez un ami, prétextant à ma fille un déplacement professionnel, pour ne pas qu'elle me voie comme cela.

Marc, mon ami qui vivait à Montréal, m'avait généreusement laissé les clefs de son appartement chez le concierge. Un loft immense, ultramoderne, très peu meublé et design.

Je m'installai dans une des trois chambres d'amis, prenant celle avec deux lits dont les fenêtres donnaient sur les quais de Seine.

Je vidai méticuleusement mon sac, comme à l'hôtel, sans doute par respect pour l'ordre qui régnait. La femme de ménage qui avait fait des courses, m'avait laissé un petit mot sur un post-it collé sur la porte du réfrigérateur, m'indiquant qu'elle passerait tous les jours entre 14 et 17 heures.

Je me demandais ce qu'elle pourrait bien faire pendant ces trois heures. La chasse au grain de poussière sans doute.

Épuisé, je me couchai sans dîner.

Ma nuit fut un calvaire, je me réveillais grelottant toutes les deux heures, trempé de sueur. Je mis sept nuits consécutives à expulser mes « toxines ». Je dus rapidement piocher dans les tiroirs de Marc, changeant de tee-shirt trois fois par nuit. Un soir, je reçus un mail d'une boîte étrange que j'ouvris naïvement, c'était Luna qui tentait de prendre contact. Mon regard fut magnétisé par les premières lignes : « Mon amour, je ne peux pas vivre sans toi, je suis désespérée, ma vie n'a plus de sens, tu es mon âme sœur, mon… »

Je tournai la tête vivement dans un réflexe et, sans en lire plus, l'expulsai dans la corbeille.

Mon cœur battait la chamade, ce contact ne serait-ce que de quelques secondes me désaxa, une violente angoisse me tordait l'estomac.

Je restai dix jours chez Marc, ne sortant marcher que lorsque la femme de ménage venait travailler. Lorsque je rentrai enfin chez moi, prêt à soutenir le regard de mes enfants, je remplaçai tous les cadres que Luna avait accrochés dans notre chambre, vidai dans un sac ses produits de beauté, effaçant toute trace de sa présence.

Seuls ses placards restaient intacts, mais portes closes. Il m'aurait fallu cinq valises pour les vider tant il y avait d'affaires, et surtout de chaussures, je n'avais pas envie de me plonger dans sa garde-robe et cette odeur de parfum si familière, qui pouvait à tout moment réenclencher chez moi un réflexe pavlovien.

Les femmes ont des antennes... Le lendemain matin je reçus un appel de son agent, qui m'annonçait que Luna lui avait demandé de m'appeler, pour me prévenir qu'elle arrivait ce soir à Paris par le vol de 20 heures.

Je restai silencieux et demandai simplement pourquoi.

« Pour te parler, il paraît que tu l'as bloquée partout. »

Sans répondre je la remerciai poliment de son appel et raccrochai.

Je n'eus pas la force, le courage, de la laisser sonner des heures en bas et de jouer au mort. J'ouvris la porte.

La discussion dura jusqu'au petit matin, je m'étais laissé convaincre après mille excuses et larmes de nous donner une dernière chance. Après tout ce que je venais de traverser, je baissais les bras.

Quelques heures avaient suffi.

Je n'avais pas pu mener jusqu'au bout cette lutte contre moi-même, contre ces blessures qui me retenaient dans un enfer que j'aimais plus que ma liberté, et un jour sans doute ma dignité.

Durant trois semaines, ce fut le rêve, nous étions plus amoureux que jamais, galvanisés par notre séparation et les douleurs infligées. Nous faisions l'amour nuit et jour, terrorisés à l'idée de perdre à nouveau ce corps dans lequel nous nous retrouvions, cet espace charnel purifié de tout, où nous pouvions exprimer la puissance de ce qui nous unissait l'un à l'autre.

La Fashion Week approchait, et comme chaque année, des amis de Luna venaient à Paris pour y travailler. Cette année, c'est son ami d'enfance Julio, de Barcelone lui aussi, ainsi qu'une styliste qui montaient à Paris.

Luna voulait absolument organiser un dîner pour eux, dans un endroit branché, qu'ils allaient adorer. Nous avons décidé de faire une table de quelques personnes, principalement des amis, un peu aussi, disait-elle, pour fêter notre retour à la vie.

Une semaine avant l'événement, Luna ne tenait plus en place, attendant ses amis avec une frénésie inquiétante, projetant chaque jour cette soirée qui devait être selon elle mémorable, manifestant une envie mystique de se perdre avec moi dans la nuit parisienne, transportés par l'ivresse de l'alcool.

« Comme avant, quand on s'est rencontrés ! Comme dans *Lost in Translation*. »

Le cerveau en ébullition, elle recommençait à se lever la nuit pour opérer des descentes dans les placards à biscuits. Je sentais la bourrasque arriver, le ciel s'assombrir. J'étais tétanisé. Lorsque je lui fis part de mes craintes légitimes, c'est d'un revers de main qu'elle balaya le tout, « Tu te fais des films, c'est juste un rêve, je n'en ai pas envie réellement, c'est une idée ! » Son attitude me semblait pourtant plus en adéquation avec un désir puissant de boire, qu'avec une simple idée comme elle le prétendait. Plus contradictoire que jamais, elle recommençait dans une même phrase à dire tout et son contraire, de manifester une envie et son rejet. Une situation qui provoquait en moi une forte anxiété, avec de plus en plus de mal à distinguer le vrai du faux, face à ces deux êtres qui s'entrechoquaient en permanence, me transportant dans une dimension où mes projections devenaient catastrophiques.

Luna avait « pris le mors aux dents », le dîner fut à l'image de ses fantasmes, en un clin d'œil les verres étaient vidés, d'une traite, sans retenue, les recommandations du médecin comme les miennes traitées avec le plus grand mépris.

Peut-être attendait-elle que je m'en aille pour avoir le champ libre ?

Je décidai malgré tout de rester, la regardant flirter avec les limites d'une ivresse, selon elle « contenue ». Respectueux des autres, je pris mon mal en patience.

Alors que nous avions terminé le dessert dans un cimetière de bouteilles, à bout de nerfs et avec autorité, je demandai l'addition.

Les amis partis, à la station de taxis, j'expulsai toute mon indignation.

Elle s'emporta à nouveau. J'avais gâché la soirée, comme d'habitude ! Elle se sentait épiée, tout cela était de ma faute, c'est moi qui la forçais à boire avec mon attitude qui la rendait nerveuse.

« Tu ne me laisses pas m'amuser, c'est toujours pareil tu gâches toujours tout ! »

J'arguai qu'il était aussi de son devoir après ce qui s'était passé de faire ses preuves, et de me démontrer que je pouvais à nouveau lui faire confiance. En parlant depuis une semaine d'ivresse et d'errance, elle ne pouvait s'attendre à une autre réaction de ma part, à ma place elle aurait réagi à l'identique.

Je ne sais pourquoi, je m'évertuais toujours à avoir un discours qui faisait appel à sa rationalité, j'avais pourtant compris depuis longtemps déjà que ces conditions ne seraient pas réunies, et pourtant.

Je n'avais pas d'autres armes.

– Je ne vais pas culpabiliser toute ma vie quand même ! Je n'étais pas bien j'ai craqué, c'est fini maintenant.

– Qu'est-ce qui est fini ? T'es sous traitement, tu as des années de thérapie devant toi, de contrôle, de prudence, rien n'est fini ! Te culpabiliser ? Tu dois te responsabiliser oui ! Arrêter d'être dans le déni et surtout respecter les gens qui t'ont soutenue, moi le premier !

Elle ne pouvait m'entendre, déterrant les morts pour se défendre et brouiller les pistes, revenant sur des braises encore vives, afin de les jeter en vrac dans notre mêlée furieuse. Alors je contre-attaquai, et déterrai les miens, reparlant des coups qu'elle m'avait donnés ce jour-là, à cause de cette fille, cette actrice ! Je sortis aussi ma carte maîtresse, ma riposte tenue au chaud depuis des mois, qui me servirait pour enfoncer le clou. « Comment peux-tu me reprocher ce que tu fais ? Tu suis tous ces mannequins hommes que tu likes comme une débile mentale, lorsqu'ils sortent d'une piscine, ou se mettent en scène avec des gants de boxe à la salle de gym ! Tu es pathétique ! »

Comme chaque fois qu'elle était prise dans ses propres contradictions, Luna s'offusquait, niant, ou bien hurlant son couplet sur la pureté de l'âme et de ses intentions, que j'étais moi le diable, le pervers qui voyait le mal partout.

À bout, je pris la porte pour aller respirer dans la nuit.

Elle me suivit, continuant la joute verbale à l'extérieur. Elle venait d'être mouchée, avait du mal à s'en sortir cette fois, alors je jubilais. Après un sourire cynique de circonstance, ivre de rage, elle me quittait, « cette fois pour de bon ! » Je partis dans la direction opposée, comme un automate sonné, cent mètres plus loin elle me rejoignit, en larmes. « Je ne peux pas vivre sans toi », sanglota-t-elle, puis elle me gifla. Quelques minutes plus tard, sous un porche, nous faisions l'amour comme deux animaux blessés.

Les semaines qui suivirent s'enchaînèrent dans un fracas assourdissant, se ponctuant de portes claquées, d'insultes, de pleurs et d'affrontements irrationnels, dignes de malades, enlisés dans une relation défaillante. Il n'y avait même plus de place pour le coït. C'était le temps de la mise à mort.

Je n'étais plus l'homme que j'étais auparavant, et ne pouvais que constater notre naufrage, acceptant d'être scindé en deux moi aussi, accroché à mes souffrances en ne pensant qu'à les soulager. Une violence psychique qui me dévorait par la colère et les peurs contre lesquelles j'avais si longtemps lutté par le passé et jugulées par ma seule force de résilience, mais qui étaient bel et bien de retour.

Je ne pouvais me résoudre à quitter Luna, littéralement enchaîné. Ma force mentale en lambeaux, j'en conclus en désespoir de cause qu'il fallait que ce soit elle qui m'abandonne, je ne pouvais plus avancer.

Luna le sentait, mais ne pouvait s'empêcher de me ramener dans ce combat si familier, dont elle seule détenait les règles, et qui finirait par me laisser pour mort.

Certes, elle aurait voulu que les choses se pacifient, mais en restant une version fantasmée d'elle-même. Pour continuer à vivre, je devais renoncer à tout.

Caracas

Comme la main tendue de Dieu, le Covid vint redistribuer les cartes une fois encore.

Affaibli, il me frappa avec une violence inouïe, me clouant au lit avec 40 de fièvre, en isolement dans ma chambre. C'est dans l'obscurité la plus totale que l'on distingue le mieux la lumière, et c'est au paroxysme de cette fièvre qui enserrait mon corps meurtri, que je trouvai la force de m'extirper de cet enfer. Les dommages collatéraux ne seraient pas les mêmes pour Luna, elle se relèverait plus facilement, malgré ce qu'elle en pensait.

Je réussis à la convaincre de retourner à Barcelone, pour se préserver de la maladie, « Ma mère viendra me déposer à manger devant la porte, ne t'inquiète pas, c'est l'affaire d'une semaine, je te rejoindrai après ».

J'en profitai pour envoyer Uma vivre quelque temps chez sa mère, condamnant ainsi la maison comme au temps du choléra.

Seul à ne boire que de l'eau trois jours durant, purifiant mon organisme dans cette abstinence salvatrice qui me montrait la voie, je décidai de prendre la fuite.

Je n'avais plus les forces pour continuer cette bataille, cette fois je faisais preuve de discernement et de lâcheté. Peut-être entrevoyais-je enfin la lumière et trouvai-je la voie de la guérison en commençant à penser à moi.

Caracas était un nom qui me fascinait, depuis cette chanson, qui dans mon enfance passait à la radio dans la voiture de mon père, lorsqu'il se décidait pour me faire plaisir à changer de fréquence et à quitter FIP.

J'appelai mon agent de voyages, encore elle, et lui demandai de me réserver un vol pour Caracas. J'y resterais 48 heures, puis irais me réfugier à Buenos Aires, chez ma première petite amie, une Italienne du nom de Laura, avec qui j'avais toujours gardé contact et qui m'appelait à chaque fois qu'elle revenait en Europe, faisant affectueusement un crochet par Paris afin de me voir.

Laura habitait une finca, à cinquante kilomètres de Buenos Aires, dans un parc de trente hectares qu'elle avait décidé d'acheter à la mort de ses parents, dans un tragique accident de voiture, il y avait de cela vingt ans. Elle élevait des chevaux par passion, mais aussi des animaux de ferme, et cultivait la terre, faisant pousser des fruits et légumes dans une serre géante qu'elle s'était fait construire afin de vendre ses produits et de vivre en autosuffisance.

Elle était de loin la plus intelligente de toutes.

Le temps de me remettre sur pied, faire mon sac et laisser des instructions aux enfants inquiets, après que je leur ai confié mon téléphone portable.

Je passai embrasser ma mère, sans plus de détails, si ce n'est des vacances anticipées.

Ce genre de décisions doivent aller vite, si l'on commence à trop réfléchir c'est la fin, il faut laisser faire le cœur, l'instinct de survie.

Dans mon vol de nuit au-dessus de l'Atlantique, je m'autorisai une réflexion avant de fixer l'horizon.

J'ai aimé la partie saine de Luna, tout en décidant malgré moi de réparer la partie malade de cet être naufragé, afin de me sentir enfin utile, valorisé et aimé. Cette même partie qui me renvoyait à ces souffrances, qui m'épiaient depuis l'enfance et que je n'étais pas encore prêt à abandonner. La personnalité de Luna influa directement sur ces fantômes qui, enfouis sous des couches successives de vie, ressurgirent. Des fantômes qui m'ancraient encore à cette époque où, seul, impuissant et déprécié, j'étais passager d'une vie qui me faisait mal.

« C'est l'amour, tu l'as accepté par amour, parce que tu m'aimes, parce qu'on s'aime, parce qu'on est faits l'un pour l'autre, nous sommes des âmes sœurs, il n'y a rien que l'on puisse faire », m'a-t-elle dit un jour.

L'amour véritable c'est d'abord de s'aimer soi. Nous serons toujours des âmes sœurs, à jamais, j'en suis persuadé, mais dans cette vie-là nous avons à nouveau échoué, ensemble du moins.

J'ai compris ma leçon. La manière dont Luna m'aimait, avec toute la puissance de ses défaillances, remplissait un trou béant laissé par des manques qu'elle combla instantanément.

C'est la reconnaissance de nos souffrances respectives qui a ravivé ce lien, c'était là notre épreuve. Il nous fallait maintenant comprendre.

Comment avais-je pu me laisser entraîner dans ce dédale affectif et perdre mes points d'ancrage, moi si fort, responsable et adulte ? « J'étais bien au-dessus de tout soupçon. »

Où s'est faite la bascule ?

Je le découvrirais, et peut-être que ce jour-là je l'écrirais.

Je savais que j'allais souffrir, qu'elle allait me manquer à en crever, parce que j'étais encore attaché à mes souffrances, comme à elle. Mais je m'en déferais, pour ma liberté, pour moi.

Je fermai les yeux, songeant à Caracas.

Cet ouvrage a été imprimé en France par
CPI Bussière
Z.I. rue Pelletier Doisy
18200 Saint-Amand-Montrond (France)

pour le compte des Éditions Fayard
13 rue du Montparnasse, 75006 Paris
en mars 2024

Photocomposition Belle Page

PAPIER CERTIFIÉ

fayard s'engage pour l'environnement en réduisant l'empreinte carbone de ses livres. Celle de cet exemplaire est de :
500 g éq. CO_2
Rendez-vous sur www.fayard-durable.fr

N° d'édition : 79-9449-2/01 - N° d'impression : 2077050